U0654782

城里的月光把我照亮

海飞

著

四川人民出版社

图书在版编目（CIP）数据

城里的月光把我照亮 / 海飞著. —— 成都：四川人
民出版社，2025. 1. —— ISBN 978—7—220—13966—6

Ⅰ. I247. 7

中国国家版本馆 CIP 数据核字第 20245SV150 号

CHENGLI DE YUEGUANG BA WO ZHAOLIANG

城里的月光把我照亮

海 飞 著

责任编辑	姚慧鸿
责任校对	申婷婷
封面设计	张 科
内文设计	张迪茗
责任印制	祝 健

出版发行	四川人民出版社（成都三色路 238 号）
网　　址	http://www.scpph.com
E-mail	scrmcbs@sina.com
新浪微博	@四川人民出版社
微信公众号	四川人民出版社
发行部业务电话	(028) 86361653　86361656
防盗版举报电话	(028) 86361653
照　　排	四川胜翔数码印务设计有限公司
印　　刷	成都国图广告印务有限公司
成品尺寸	143mm×210mm
印　　张	9.25
字　　数	150 千
版　　次	2025 年 1 月第 1 版
印　　次	2025 年 1 月第 1 次印刷
书　　号	ISBN 978—7—220—13966—6
定　　价	48.00 元

■ 版权所有·侵权必究

本书若出现印装质量问题，请与我社发行部联系调换

电话：(028) 86361656

目　录
CONTENTS

「自 己」

1

　如果不是李小布和瑞岳师太会偶尔地眨眨眼，很容易被人认为是一幅画。画中一老一少两个安静的女人，坐在屋檐下半明半暗的光线里。她们的视线能触及院里那小池塘里的锦鲤。阳光正好，锦鲤搅起一闪一闪的绚烂波光。风一次次拂起李小布的刘海，她感到额头有些微的酥痒。春天其实已经很远，桃花早就谢了，只有那一小片罗汉竹仍然是青翠的。那些奔跑的略略带着初夏热意的风，夹带着菠萝或者糖纸、冰棍纸的清香，从桃花庵的上空轻柔地掠过。

　李小布是来给瑞岳送茶叶的。她和瑞岳同样喜欢着绿茶，即便一万种茶有一万种茶的好，但是却不可能有绿茶那绿到人心里去的色泽。目光和心灵，有时候需要这种色泽的抚摸。在之前的时分，她们轻声地谈话。李小布在阳光底下细数着瑞岳师太令人温暖的笑纹，光泽的皮肤上，有细小的沟壑。她戴着一顶灰色的帽子，眉目依然清秀。李小布想，要是在自己八十二岁的年纪，也有这副模样的话，就该知足了。

瑞岳会掐骨算命。她掐李小布的人中、后脑、指骨，她把李小布掐来掐去，仿佛拿捏着的就是李小布一段又一段的人生。瑞岳师太是从四川过来的，她的普通话里，仍然残留着大片四川的气息。李小布喜欢这样的气息。在瑞岳的房里，有文房四宝，有袅袅的清香，地上铺着的是大块的青砖，阴凉却不潮湿。后墙的雕花木窗开着，可以看到很小的一方风景，那是瑞岳师太的菜园。这是一座一个人的庵堂，李小布却把这当成了她在诸暨的娘家。

李小布和瑞岳师太坐了整整一个下午。桃花庵在乌衣巷的东头，张园在乌衣巷的西头。李小布就住在张园，一座墙门大院里。从张园到桃花庵，不过数百步的距离。李小布就常在这条乌衣巷里走过来，走过去。乌衣巷的中间地带，有四方小井，连在一起组成四角形，被称作四眼井。井边有一些居民洗衣淘米。李小布经过四眼井的时候，总会看到不远处立着的两层小楼。这是四眼井旅社，李小布喜欢这样的称呼。宾馆，酒店，都显得太俗了些。只有旅社，才让人觉得亲切。经过四眼井的时候，李小布会在井里照自己的影子。一个，两个，三个，四个，她一共能照见四个影子。她就像一个孩子，会因为突然多出四个自己，而开心长长的一天。

在这个漫长的初夏的下午，李小布和瑞岳师太没说多少话。她们的谈话是有一搭没一搭的。李小布在这样的谈话里，替瑞岳师太梳理了一下人生。瑞岳师太没有嫁过人，在她十七岁的时候，父母给她定下一门亲事。过门那天，大雪飘飘，穿着红装的瑞岳师太，却从后门跑了。瑞岳师太告诉李小布这些的时候，总会脸含笑意。那不是私奔，那是逃婚。逃婚在瑞岳师太渐渐模糊泛黄的记忆里，很像是从水中捞起了一张底片，倾斜，略略的失真。瑞岳师太说，她不喜欢那个男人。那是一个十三岁就出道的，在南货店里学生意的小伙子。瑞岳师太说，为什么要和一个不相干的男人生活在一起？

李小布和赵光明却是相干的。李小布想，她和赵光明之间，就像是布鞋上的两粒搭绊，在合适的时候，遇上了，就搭在了一起。瑞岳师太的记忆里，遥远的花轿没有追上她，没有追上她，就等于是成全了她的另一段人生。她在桃花庵剃度的时候，师父劝过她。师父叫妙灯，妙灯说，你就什么都能抛下吗？

瑞岳笑了，说，为什么就不能抛下呢？如果抛不下，又会怎么样？

李小布把瑞岳师太当成自己的亲人，她就是喜欢瑞岳那像烟一样淡的笑容。李小布让瑞岳掐一下自己的婚姻，瑞岳说，你自己都不知道，别人又怎么会知道？瑞岳见过赵光明，那天赵光明来桃花庵接李小布回家，很礼貌地向瑞岳行礼。那是李小布故意设计的章节，想让瑞岳说句话。你觉得怎么样？李小布在另一个午后这样问瑞岳。

瑞岳说，他是一个男人。

李小布说，师太，你说具体点，他怎么就是一个男人？

瑞岳说，他和别的男人没什么两样。如果你蒙上他的脸，你就知道，他的一切模糊了以后，只有男人这一点不会变。

李小布不喜欢瑞岳这样说赵光明。李小布说，赵光明是个情种。

李小布有一双隐匿着的翅膀，不停地扇动。她一头扎进赵光明织起的一张网中，乐此不疲地轻盈舞动。她是幸福的，她被幸福牢牢地包围了，她这样想。

一直坐到黄昏，李小布才起身。那壶茶，喝干了添水，再添水。煮茶的小炭炉已经灭了，小炭成了白色的尸体。那铜壶却仍然有余温。李小布的手指头轻轻掠过铜壶的身子时，一下子喜欢上了那样的温度。很远的地方漫过来夕阳，像潮水一样汹涌着，瞬间就把桃花庵的檐角砖墙的草木灰尘，还有经久不散的香烟味道，轻易地打湿。

李小布站在桃花庵的门口，回头看到瑞岳师太就坐在最后的夕阳里，脸上仍然盛开着笑意。她也笑了一下。她笑了一下以后，发现瑞岳师太的身影，慢慢地淡了下去。真好啊，一个散淡的下午，李小布这样想。她举了一下左手，腕表上显示下午六点。赵光明该回家了。

李小布消失了，瑞岳师太也起身进了屋子。只剩下一个空落落的院落，和寂寞的屋檐，以及院中的桃树和竹子。池塘里的锦鲤不见了动静，当然，它们肯定在无声地游泳。此时的李小布，走在绵长的乌衣巷里。那两边的白墙和青瓦，像是要随时压下来一样，把李小布给葬了。

葬了就葬了。为什么不可以葬呢。李小布这样想着。

李小布有一个温润的年龄，二十八岁。

2

这天晚上赵光明却没有回来。而李小布把一屋的灯火都打亮了，那灯光像是在迎接赵光明。

李小布坐在餐桌边上吃饭。丝瓜笋干，萝卜小排，青菜香菇，很干净的几个菜。李小布吃饭很安静，如果看她的背影，你会觉得她只是坐在餐桌边上无声地看书。何大嘴在屋子里飘来飘去，她是李小布叫来的钟点工。李小布叫她阿姨，她有些胖，是中年迹象的那种胖。虽然她说她叫何大嘴，但是她的嘴明明是很小的，相反地李小布还能看出她青春时期的唇形，其实很好看。后来李小布明白，何大嘴之所以叫作何大嘴，是因为她的嘴一刻也不停。从那时候起，李小布就不敢让何大嘴知道得太多。钟点工在各户人家轮流做活，嘴碎，四处散布飞短流长。而李小布和赵光明之间，本来就是一场飞短流长。

李小布吃完以后，坐到了沙发上。那是木制的沙发，硬中含着木头特有的软。这张园是李小布苦心经营的，很像她的孩子。张园是一座差不多被废弃的院落，但是她让赵光明把这院落给盘了下来。白墙更白了，黑瓦请师傅理了一遍，接进了自来水，院子里也种上了各种植物。有一些鸟，自动进入乌衣巷，自动落到张园。这让李小布感到幸福，她喜欢听鸟的声音。她让老人一般的张园，年轻了起来。在从前，是从前的从前了，住过一位秀才，写过许多并不能成名的诗文。没有人记得他，只知道他姓张。从现在的角度来讲，他是一名文学青年。但是李小布仍然喜欢着这儿的主人，她认为是因为主人的热爱诗文，而让张园有了某种气质。她看到张园拍卖的布告时，带上了赵光明，毫不犹豫地买了下来。他们花了二百多万，比标底翻了几个跟头。李小布说，心爱的东西，是没有价格的。

李小布坐在沙发上给赵光明发短信。李小布说，你几时回来？赵光明说，我不回来了，我在义乌。李小布说，你怎么又跑去义乌？赵光明说，我要进一批货，这儿有几个朋友，晚上喝一杯，聊聊天，太迟了就不回来。李小布说，那你自己当心点，酒后别开车。赵光明说，喳。

义乌到诸暨，其实也就一个小时不到的车程。杭金衢高速开通，让这条像带子一样细长的公路变得异常繁忙，因为义乌是一个大型的物资交流中心。尽管只有一小时不到的车程，但是赵光明说不回来了。李小布没有办法，李小布的夜晚开始变得落寞。何大嘴在厨房里洗碗，她在说着她老公的事。她的老公是建筑工地上的钢筋工，个子很小的一个人，不知道怎么就从二十多层高的楼上掉了下来。很多人都认为她老公太轻了，肯定是楼上风大吹下来的，但是何大嘴不承认。何大嘴说她家国梁很稳重的。

最后建筑老板赔了十五万。何大嘴要三十万，老板就叫了黑社会给何大嘴打电话，说，要么要这十五万，也不少了。要么一分也不要，外加把她儿子给撕了。何大嘴的儿子在上大学，据说已经谈恋爱了。他要扮酷，拼命问何大嘴要钱，把何大嘴当成了取款机。何大嘴说起儿子时，脸上洋溢着幸福。她觉得儿子是大学生，是多么荣耀的一件事。她肯定不知道，现在只要有钱，谁都能上大学。老板们都研究生了。

何大嘴一边洗碗，一边抱怨着建筑老板。李小布听得多了，开始的时候劝劝，哄哄，现在她变得一言不发。她就坐在木沙发上，数着地上的青砖。那大块的青砖，是李小布精心挑来的。张园的结构，没有被破坏。当初二百多万买下的房子，现在估计要涨到五百万了。有些老板来看过，想把这儿变成一个收藏古董的仓库，既收藏又展出，需要这样老旧的房子。赵光明动过心，李小布却摇头。李小布说，不要说五百万，一千万也不卖。

李小布想，如果没有特殊情况，她或许会在这儿终老了。李小布并不是诸暨人，她是镇江人，她跟着男朋友阿朗到了诸暨。她在丫路头的小商品市场卖从义乌批发来的凉席，阿朗在一家化工厂里当保安。李小布很辛苦，累了就倒在凉席上睡觉。阿朗会给她送饭，有时候，是阿朗让同事赵光明帮他送饭。赵光明不太爱说话，李小布吃饭的时候，赵光明就坐在凉席上发呆。他有一个女儿，有时候她也会聊聊他的女儿。李小布知道，赵光明的女儿叫赵千叶，上幼儿园大班。

李小布不知道自己是怎么喜欢上赵光明的，总之就是喜欢上了，喜欢得有些义无反顾。有一天她收了摊，让赵光明用自行车带她去找阿朗。赵光明告诉她，阿朗在和工友们打牌。李小布就想象，阿朗脸上贴满白纸条的样子。李小布坐在自行车后，她斜侧过身的时候，可以看到赵光明刮得青青的下巴。是夕阳给了赵光明的下巴一个好看的弧度。

李小布和赵光明，后来默不作声地牵着手去了浣纱江边散步。他们把步散得很漫长，把白天散掉了，又把大半个晚上也散掉了。赵光明送李小布回去的时候，是半夜。这时候已经有露水，夜也有些凉。阿朗在租住房的门口等着李小布。那时候赵光明想把手松开，李小布却没有松。李小布笑了一下，说，我们回来了。

那是三年前的事情。三年前阿朗一拳打翻了赵光明，拳头就落在赵光明弧度很好的下巴上。赵光明吐出了一口血，他的一粒牙齿被打落下来。阿朗骑在赵光明身上，再要打时，李小布轻声笑了，说阿朗你真不是个男人。

阿朗举起的拳头终于没有落下去。他哭了，他的泪水像露水一样把那个夏天的夜给打湿。李小布把赵光明拉了起来，说，你想告他吗？

赵光明摇了摇头，说，我不告。

李小布说，是不是因为好像欠了他什么，才不告？

赵光明又摇了摇头说，不是。我没有欠他什么。

李小布笑了，轻轻拍了拍赵光明的脸，说，你丢了牙齿，但有了我。好样的。

阿朗一直都不明白，李小布怎么就会那么突然地爱上了赵光明。其实李小布也不明白，李小布只是觉得，和赵光明在一起的时候，不需要说一句话。他们的心是相通的。他们勾起手指头，在江边散步的时候，李小布就觉得他们两个人是一个人。

李小布去找马思思。马思思是一个开裁缝店的女人。马思思一直都在忙活着，她低着头在店里踩缝纫机。一盏瓦数很小的白炽灯就在马思思的脑袋上晃荡着，在晃荡的光线里，李小布说，我和赵光明好上了。

马思思仍然没有抬头。我知道。她说。

你能不能离开赵光明？李小布说。

他自己为什么不来说，要让你来说？马思思说。

我替他说行不行，我们很相爱。

你怎么知道你们很相爱？很相爱是几斤重的爱，才叫很相爱？

我只问你，你能离开赵光明吗？

这时候，马思思终于抬起了头，她微笑着望着李小布，轻轻地摇了摇头。

你为什么要摇头？李小布的声音，在晃荡的光线里再次响起。她看到一些飞虫，开始在夜晚侵袭裁缝店。

你错了李小布，你肯定不值。我不会离婚，因为我不想让女儿看到我们离婚。不过，我也不会去管他，你们爱怎么着就怎么着。马思思的声音，很轻柔却很坚决，像她毫不犹豫踩下的缝纫机那运行中的钢针，似乎要把什么东西给扎穿。她是咬着牙说的，但是却说得温婉。

李小布以为自己很勇敢，但是她碰了一枚软钉子。她离开裁缝店的时候，缝纫机的咣当声又响了起来。她突然想到，马思思其实很辛苦。马思思像自己一样辛苦。

赵光明后来从化工厂出来了。他开始做生意，他做涂料生意，他说他要把自己的涂料涂遍诸暨的新房。李小布不卖凉席了，她把赚来的辛苦钱，给了赵光明作本钱。她并不指望赵光明能赚多少钱，但是赵光明却赚来了很多钱。他们住在一起，仍然会在黄昏的时候手牵手，一起去浣纱江边。有一天他们看到了浣纱江边立着的一块石头，上面写着几个字，西施浣纱处。李小布就笑了，说，西施浣纱的地方，是怎么被人找到的。

后来，李小布让赵光明买下了张园。他们住进了张园，就是住进了一种宁静。李小布喜欢这儿，也喜欢去乌衣巷东头的桃花庵见瑞岳师太。瑞岳知道李小布和赵光明是没有结婚证的，李小布问，要不要让他离婚，要不要结婚证？瑞岳说，不要的。李小布问，为什么？瑞岳说，他真想要和你结婚，他总是能离得了婚的，你逼也没用。再说，结婚证有什么用？

李小布就没有再坚持。她一点也不知道，结婚证不是没有用，结婚证是很有用的。

3

李小布在第二天的清晨，去了离乌衣巷不远的菜市场。那是一个叫东湖的菜市场，和所有的菜市场一样，永远充满了嘈杂的声音。李小布的目标总是水产摊，她喜欢吃黑鱼，她让赵光明也吃黑鱼。她说黑鱼补脑的，营养也好。

李小布喜欢上黑鱼的同时，也喜欢上了厨房。张园的厨房，是老格局的，比较大。尽管装上了煤气灶，但是却有许多炖罐，是现代厨房里所没有的。李小布用炖罐炖菜煮汤。她会把黑鱼汤用微火炖得很白，白得像牛奶的颜色。那汤里浮沉着长长的姜片，和浓浓的香味。李小布会觉得幸福，她替赵光明舀上一碗汤，替自己也舀上一碗。他们仍然不太说话，但李小布觉得，他们的心在喝汤的时候又连在了一起。

李小布不仅喜欢煮汤，还去学了插花和厨艺，甚至还学了古筝。她去学这些，是因为她无所事事。赵光明的钱，像滚雪球一样越滚越多，完全超出了李小布的想象。赵光明很忙，他和李小布勾着手指头散步的时间明显地少了。但是李小布总得做点儿什么，于是她学这样学那个，却把自己学得越来越寂寞了。

李小布买了黑鱼回来。她在院子里杀鱼，她杀得很小心，像是生怕要把鱼给吵醒似的。但是，不下刀子，怎么能杀得死鱼。李小布最终还是下刀的。李小布在自来水龙头下清洗鱼的身体，把鱼洗得干干净净，然后放在炖罐里煮汤。煮汤的时候，李小布就在那炖罐边上守着，随便地看一本言情小说。她的时光，就在鱼的清香里消磨掉了。

李小布在厨房发现了蟑螂，她发出了和所有女人都一模一样的尖叫。何大嘴刚好在，她冲进了厨房，抬脚就把蟑螂给踩扁了，一边骂骂咧咧，一边直接用手抓起了蟑螂已经露出内脏的身体，扔进垃圾桶里。她好像很愤恨的样子，她把蟑螂当成了那个建筑老板，所以她抬脚踩下去的姿势，显得果断和决绝。她说，蟑螂有啥好怕的，不就是一个虫子吗？

李小布倒并不希望何大嘴踩死蟑螂，她需要看到活物，一些会动的东西。在客厅里，赵光明养着一缸金鱼。确切地说，那些金鱼不是他养的，只是他买来的，他买来了就甩手不管了，让李小布养。李小布养得很认真，李小布觉得，如果养了金鱼，就不能把它们养死。她给金鱼喂食的时候，会想起瑞岳师太养在桃花庵池塘里的锦鲤。她突然想到了一个问题，瑞岳养那么多锦鲤，是干什么的？

有一天李小布在张园拉着手风琴。她会拉手风琴是因为她的父亲，父亲会好多种乐器，仿佛是一个人的乐队似的。在那么多乐器里，李小布喜欢上了手风琴。不知道为什么，她就是觉得手风琴好。有时候她觉得，手风琴的琴键，尽管长得像商标上的条形码，但是却仍然是一种最好的黑白相间的图案。父亲是拖拉机厂宣传队的，那是一家生产大型拖拉机的重工业企业。拖拉机上有巨大的链条，长得和坦克有点儿相像。李小布小时候去厂里见父亲的时候，总会把一排排排着的大型拖拉机叫成坦克。父亲后来从厂里出来了，他转了行。父亲也不多话，这有点儿像赵光明。所以李小布拉着手风琴的时候，就想，会不会爱上了赵光明，就是爱上了父亲。对于父亲，李小布好像是有点儿爱情，当然是在常伦范畴内的爱，和情。

李小布拉手风琴的时候，一个二十岁左右的小年轻就在院子里替李小布拆洗着油烟机。他是从苏北来的，他用苏北口音的普通话和李小布说话。他说他叫小六子。今年二十岁了。

二十岁的小六子，把油烟机拆洗得很干净。他的动作和李小布拉手风琴一样熟练。小六子听得很认真，听完了他咧开嘴笑，露出一粒黄黄的小虎牙。小六子说，你拉的好像是洁白的雪花飞满天，白雪覆盖着我的校园。李小布笑了，却不说话。她拉的就是这首曾经流行过的曲子，流行这曲子的时候，她才没几岁，是个孩子。

小六子离开的时候，收了李小布三十块钱。他刚洗了手，他拿手在裤腿上擦了擦，接过李小布手中的五十块钱。李小布说，不要找了。小六子的脸一下子红了，好像是他占了好多便宜似的。要找的，要找的。他的声音里有些微的感激和惶恐。他从裤袋里掏出理得很齐整但却仍然皱巴巴的钞票，小心地抽出其中的两张十元币递给李小布。

接过钱的时候，李小布很失落。她觉得，小六子擦的油烟机就是值五十块的。她喜欢上了小六子，她心想，如果小六子换何大嘴，是她家里的钟点工，该有多好。那样的话，她就有机会在院子里拉手风琴给他听，小六子也可以在院子里讲苏北往事给她听。

苏北往事是这样的：巨大的高邮湖，成群的会下双黄蛋的鸭子，接天连地的平原田野，满目金黄色的油菜花。镇江离高邮并不太远，但是却属于苏南。在小六子离开张园以后，苏北，就成为李小布心中的一亩风景。

4

赵光明和李小布坐在餐桌的两边喝黑鱼汤。他们像是一幅西洋油画，如果餐桌上再放一个灶台，会更像。李小布一边喝汤，一边胡乱地想，她能和瑞岳组成一幅中国画，也能和赵光明组成一幅西洋画。李小布真是一个无所事事的画家。

李小布盯着那奶白色的鱼汤，却没有抬头看赵光明。她能想象赵光明的轮廓，圆脸，胖了不少，肚子也大了，架子很像是老板。

李小布盯着鱼汤问，好喝吗。我说好喝吗？

好喝的。赵光明想也没想就回答。而事实上，他确实认为这黑鱼汤很好喝。赵光明其实比李小布更能煮汤。在马思思怀上赵千叶的时候，他几乎天天煮鱼汤给马思思喝。但是后来赵光明和李小布住到了一起，赵光明就不煮鱼汤了。他不想再煮了。开始的时候，他是煮的。但是有一天，赵光明去学校看女儿。女儿在操场上的阳光里面冲来冲去，她的脸上看不出一丝不快。她也看到了赵光明，就笑了，笑着奔过来。叫，爸。

赵光明认为，他和马思思分居，和李小布同居，赵千叶是能理解和接受的。他觉得轻松起来，拍拍赵千叶的头，说，要什么，想要什么就说。爸给你买。

赵千叶笑了，摇摇头说，我不要。

赵光明说，为什么？

赵千叶仍然非常灿烂地笑着，说因为我恨你。

这时候赵光明才知道，赵千叶是恨他的。赵千叶因为太恨他了，所以才会露出那么灿烂的笑容。

那天赵光明煮鱼汤，把鱼给煮焦了。从此以后他不再煮鱼汤。

在很长的时间里，他们都在专心地喝着鱼汤，他们好像要努力完成一项任务一样。李小布突然觉得，把喝鱼汤当成任务以后，就变得寡淡无味了。

你能不能和马思思把离婚给办了？李小布听到了自己清晰的声音。

不能。赵光明低头喝着汤。他刚好喝完汤，仰起脸，努力地把最后的汤，喝得一滴不剩。然后他像完成任务一般，把空碗扣在桌子上，盯着李小布的脸说，我不能。

为什么?

不为什么。因为我不能连个虚名也不给人家。这三年,人家没有吵,没有闹,没要一分钱。

我们可以给她们钱。只要我们付得起,她们想要多少,我们给多少。李小布也盯上了赵光明的脸。

赵光明温和地笑了,说,小布,不要胡闹了。

李小布突然流下了眼泪。她以为自己是可以不要婚姻的,瑞岳师太也说那张纸没有用。但是现在,她却对这张纸有了强烈的需求。你真浑蛋。你对不起我,也对不起她们娘俩,李小布的叫声有些歇斯底里。她有些惊呆了,她不该是这个样子的。

更甚的是,她端起了桌上的茶杯,把茶水泼向了赵光明。那是一个电影里经常用到的镜头,但是李小布却不是从电影里学来的,她身边没有东西,只有鱼汤和茶。把鱼汤浇过去,总不太好。

赵光明摘下了眼镜,他小心地摘掉了脸上残剩的一枚孤独的茶叶,又小心地用纸巾擦着眼镜上的茶水。他仔细地擦着眼镜,温和地笑笑,说谢谢你的茶水。

在赵光明起身离开张园好久以后,发呆的李小布才回过神来。她终于明白,她是一个普通的女人。她怎么样也逃不出这俗套的一环。她要名分。

在这个漫长的夜晚，李小布并没有睡着。赵光明也一直没有回来。李小布一直在想，和赵光明走到了一起，真是一件奇怪的事，仿佛冥冥中注定。比如说她断然离开了阿朗，那时候阿朗并没有做错什么。比如说赵光明生意越做越大，那时候看不出他有什么商业细胞。现在，赵光明始终不肯给她名分，她有些恨了。恨得咬牙切齿。这三年的光阴，以及她给赵光明做生意的钱，却什么也没有买回。

李小布很想回一次镇江老家。她有很久没有回家看父母了。这样的念头，在失眠的夜里越来越强烈。在天快亮的时候，李小布沉沉地睡着了，一直到中午她被电话铃吵醒。

电话里的一个男人的声音说，你是李小布吧。

李小布懵懵懂懂地说，是。李小布说完就想挂电话继续睡。

我是松木场派出所的警察。我想告诉你，赵光明死了。男人的声音。

李小布说，噢，他死了呀。李小布说完重重地挂下了电话。

重新蒙头钻进被窝后，李小布一下子惊醒，冷汗随即布满了全身。电话铃再次响起，李小布接电话，说，你刚才说什么，你千万不能乱开玩笑的。

赵光明确实死了。是电话里那个警察告诉李小布的。李小布穿上衣服，匆匆地去了医院太平间。她当然看到了一动不动的赵光明，也看到了赵光明不远的地方躺着一个女人。那是一个很年轻的女人，年轻得最多二十岁。警察说，他们是一起洗澡的时候，煤气中毒的。后来查到，那房子的户主是赵光明，买入的时间是一年前。也就是说，赵光明有一处房产，李小布并不知情。李小布还有多少事情不知情？

李小布没有哭，是因为她哭不出来。她问自己爱不爱赵光明，答案是爱的。李小布就想，原来爱得太深，也会变得不会哭的。不会哭不要紧，至少可以发呆。在很长的时间内，她一直坐在张园的院子里发呆。在她发呆的时候，马思思出现在张园。她陪李小布一起发呆。等到又一个黄昏即将来临的时候，李小布看到了自己和马思思投在地上的影子，都很长，形状有些古怪。李小布望着古怪的影子，笑了一下说，他真闲不住。

马思思没有接她的话。她早就对赵光明闲不闲得住不感兴趣了。她想来说的是另一件事。作为死者的遗孀，她需要接收赵光明名下的全部财产。

这个时候，李小布才发现，张园的产权证上不是她的名字，产权证上的名字，是赵光明的。一些商铺，是赵光明的。一家花木公司，也是赵光明的。包括现在赵光明在经营的涂料商店，全是赵光明的。那么李小布什么也没有，最多拥有一点儿张园的空气。

李小布在张园的院子里发呆的时候，马思思站起了身子，她走进屋子里，过了好久以后才出来。她出来的时候，仍然坐在李小布的身边，说，看得出你花了很大的心思装修。

花再大的心思装修，那房子也不是她的了。三年以后，她才发现她仍然是一个借别人屋檐住的过客。马思思离开的时候，说你要住就再住三个月吧。三个月后，我要把张园租给一家文化公司，那家文化公司是做出版的。他们说了，他们出的书，每出一种都送我一本。

马思思可以看到免费的书了，马思思也愿意把这么文化的张园，租给文化公司。李小布望着马思思走出张园的院门，马思思在院门下回过头来说，文化公司说，三个月以后要来装修的。

马思思说完，像突然逃遁了似的，不见了。李小布数着手指头，每次都是十个手指头，一共数了九次。所以她把手掌反过来倒过去的。数完了九次，等于数完了九十天。这九十天过完了以后，她就要搬出去了。她输得一点不剩，连当初给赵光明做生意的本钱，连自己的青春，全部搭了进去。

5

　　李小布一点儿也不恨赵光明，因为赵光明已经死了。

　　何大嘴又来干活。她把活干得很仔细，她在地上爬来爬去，像是要把每一粒灰尘都消灭掉。这一次，她变得什么话也不说，像一个哑巴一样。她接连干了五个小时，按八块钱一个小时算，要四十块工钱。李小布不说话，坐在木沙发上看一本言情小说。她看的是《所以》。她想，所以，我就到了这步田地。她觉得自己应该要悲哀一下的，但是她发现自己并没有多少的悲哀。她把四十块钱递给何大嘴，何大嘴一言不发地接过了。走开，又回过身来，嘴唇动了动，却什么话也没有说。再走开，再回过身来，终于说话了。何大嘴说，你要想开点，我那男人也死了，我就很想得开。

何大嘴当然是一句宽慰人的话。李小布笑了笑，她本来想说的，说死和死本来就是不相同的。但是她没有说，因为她觉得说了也等于是白说，死和死，怎么会不相同呢？

何大嘴走后很长一段时间，李小布都在看书。她把《所以》一口气读完了，站起身的时候，发现了餐桌上一只茶杯下面压着的四十块钱。何大嘴没有拿走这四十块工钱，李小布就知道，何大嘴不会再来了。何大嘴是在张园干了最后一天的钟点工。她大概是想替李小布省钱。李小布什么都没有了，她又不会管赵光明的账。她现在一文不名，相当于比从镇江到诸暨做生意那时候，还惨。

何大嘴的举动，让李小布感到了悲凉。想了好久以后，她终于想通了，这人生本来就该有悲凉的。父母像是先知的天师，在这个时候突然来了电话，说李小布想回去就回镇江住。镇江又不是住不下，镇江他们也买下了一处老房子，很便宜。李小布就想，是不是父母知道赵光明出事了，知道自己一文不名了，所以才打电话来。但是事实证明，并不是李小布想象的那样。只不过是李小布的父母，突然间就想女儿了，就想看看女儿了。

母亲在电话里头絮絮叨叨，她的口气有一些棉花糖的味道。父母知道李小布和赵光明一起住着，父母不知道细枝末节，但是知道赵光明是一个有家室的人。知道这消息的时候，父母叹一口气，就不再说什么话。母亲在电话里头，说的主要是，在文化馆有一个拉二胡的人，是父亲的朋友。如果愿意的话，可以见见的。母亲总是认为，李小布和赵光明没有领证，怎么着也不能算是一对夫妻。

李小布没有回去。她又去了丫路头的小商品市场，市场已经扩容，比原先大了三倍。李小布就在二楼熙攘的人群里，寻找着自己的影子。她把身子靠在一根巨大的水泥柱上，仿佛看到了不远的空地上，一个女子睡在凉席上，她的身边是许多的凉席。那是二十五岁的自己。时光真快，匆匆三年，物是人非。那个虚幻的镜像迅速像烟一样散去，那空地上现在有人推着推车，正在给一个个摊位送着快餐。这时候李小布才觉得自己饿了，她喜欢上那些快餐的气息。那是一种廉价而真实的气息，可以让胃幸福。有时候廉价的真实，比昂贵的虚幻要幸福得多。红烧狮子头，茭白肉片，芹菜肉丝……

李小布买了一盒快餐，倚着水泥柱吃起来。那和她以前并不华丽的生活一个模样。她想，三年，转了一个圈，又回来了。除了年纪更大了一些，并没有多少改变。她要开始挣钱养活自己。她想租一个摊位，卖床上用品。她看到一个女人，就是卖床上用品的，整个人埋在一堆棉布里面。被棉布包裹肯定是一件比较温暖的事。

李小布去市场管理处租摊位的时候，撞在了一个人身上。李小布说，对不起。那个人说，没关系。李小布说，啊。那个人说，不用啊，我是阿朗。

阿朗已经比以前胖了不少，胡子稀疏地挂在下巴上，泛着淡黄的颜色。他的眼圈有点黑，已经有了眼袋。李小布就想，阿朗肯定经常熬夜。阿朗令她感到了陌生，陌生是一种气息，像一种看不见的屏障，轻轻地虚无缥缈地隔在她和阿朗的中间。阿朗很热情，他拼命搓着手，好像要搓掉一些什么，比如说，记忆；也比如说，不像是爱情的爱情。李小布笑了，笑得很从容，她的眉眼之间竟然有了一种慈爱。李小布说你胖了，阿朗你胖了，你不能这样胖，你那么年轻，这样胖的话对身体不利。阿朗听了这话就很局促，像做错了事似的。

许多人在他们的身边走来走去，他们选择的谈话场地肯定是不正确的。但是，这样的场地，让谈话有了一种电影感。有人从他们之间穿过去，像一只误入春水的鸭子，莽撞地穿行。阿朗说，李小布，你还好吧。

李小布说，我挺好的。

阿朗说，你们结婚了吗？

李小布摇摇头。

阿朗说，我要不要留个新的电话号给你。

李小布又摇摇头。

阿朗说，那你留个电话号给我吧。

李小布说，留电话号有什么用呢？

阿朗说，可以联系。

李小布说，联系有什么意思呢？

阿朗有了一些不快，说话的口气略略地生硬了。那要你这么说，活着又有什么意思？

李小布不说话，笑笑，走开了。阿朗想了想，又跟了上来，他陪着李小布一起走。他陪李小布走进了市场管理处，他听到李小布在问摊位的事，他就明白，李小布的生活出了点儿问题。

在人声嘈杂的小商品市场，李小布和阿朗找到了一排塑料长椅，他们坐下来，像两个孤独的音符一样。很长时间他们不说话，他们的喉咙因为要大声说话的原因，都有些疼痛。后来，李小布告诉阿朗，说赵光明死了。但是她没有说死的原因，她只是说，赵光明已经不在了。听了这话，阿朗就觉得难过。他打过赵光明一拳，那一拳打下了赵光明的牙齿。阿朗就觉得自己欠下了赵光明一颗牙齿，这颗牙齿，他永远也还不上了。

阿朗已经有女朋友了。他和李小布在李字天桥下分手，分手的时候，阿朗说，我有女朋友了。

李小布说，那得祝贺你，好好过日子。李小布说完，就觉得这话有些假，有点儿程式化的味道。

阿朗说，我能不能再和你在一起？

李小布说，你不是有女朋友了吗？你怎么能和我在一起。

阿朗说，我可以和她分手。

李小布笑了，说阿朗，你乱说。你怎么可以这样随便。

阿朗说，那你以前和我分手的时候，也是这样说的。你说，我要和你分手。

那时候李小布确实就是这样说的，说得很决绝。李小布后来不说话，转身走了。她走上了天桥，站在天桥上的时候，她没有离开，而是俯身看着桥下的汽车。那么多的汽车，排成一条蛇的样子，扭过来扭过去，最后穿过红绿灯。那些尾气，升腾起来，像是一只只灰色的向上托举的手，要把李小布托起来。李小布看到了天桥下的阿朗，他没有离开，他呆呆地向上张望着。但是李小布怎么看，都觉得曾经相依相偎的一个人，怎么变得如此陌生。以前消瘦的年轻保安不见了，看到的只是一个正在发福的老板。

阿朗是老板了。不大的老板，从房产商那儿包小工程。尽管老板不大，但是他的用车，是奥迪了。开上了奥迪，怎么样也说得过去。他是咬着牙过了这三年的，他之所以咬牙，也是因为李小布突然离开他了。现在他觉得，这样的咬牙，很没有意思。他离开天桥下的时候，李小布还在天桥上望着桥下的车流发呆。她会把目光抬起来，看到前面一个路口的红绿灯。她经过了很多个红绿灯了。

李小布去了一趟义乌，她找到了大陈的一家棉布床上用品生产厂家，进了一批货。她的摊位摆了出来，突然之间又多了许多的辛苦。她的胸前挂着一只小包，那是用来装钱的。她吃快餐。很热情地和买主交谈，讨价还价。有一天，一个叫马思思的女人出现在她的面前，她来买床上用品。

她是来给女儿赵千叶买床上用品的。赵千叶一直不愿和马思思分床睡，直到赵光明死了，她才突然提出，要和马思思分床睡了。

马思思说，你怎么又摆摊了。

李小布说，我不摆摊我就没法活了。

马思思说，你真辛苦，你为什么不回老家去，在老家总有人照应。

李小布笑了，说你在可怜我吧。

马思思说，我自己还要人可怜呢。

李小布说，三个月之内，我肯定会搬出张园的。

马思思说，我没有催你的意思。

李小布说，你有没有催我的意思，我都会搬出去的。

马思思说，这个床罩多少钱一套。

李小布说，最低价三百块。

马思思说，你的气色好像好多了。

李小布说，因为我很忙，相当于健身吧。

马思思说，有空我想请你喝茶，我们好好聊聊。

李小布说，我肯定没空，我卖床上用品都来不及。

马思思后来不再说什么，她付了钱，走了。她汇入了小商品市场的人流中。李小布望着她的背影，李小布想，马思思没有比自己幸福。

三个月就快到了。李小布找中介公司，她要为自己租一个小房子。她在张园的厨房里，看到了满眼的灰尘。这儿本来不是这样的，这儿曾经窗明几净，弥漫着黑鱼的清香。现在只有灰尘，灰尘以下，还是灰尘。倒是蟑螂越来越多了，它们根本连看都不看李小布一眼，看上去它们已经安居乐业。

李小布坐在这个普通的黄昏里，突然想起自己的例假已经好久没有来了。在这劳顿的日子里，她忘记了这件事，像忘记了亲人一样忘记了。李小布第二天就去了医院。女医生说，你有了。

李小布那天没有去小商品市场摆摊。她就坐在医院走廊的长椅上，手里捏着那张化验报告。她有了，也就是说，她有了另一个自己。那个自己在她的肚子里。将来，那个肚子里的人，会代替赵光明继续活下去。这样想着，她就想哭。她想她是幸福的，她的手轻柔地搭在肚皮上。她很清楚，肚皮里最多也就黄豆大小的一点儿内容。但是她却把这粒黄豆无限放大，放大成一个小伙子，这个小伙子站在不远的地方，略带着涩地看着她。

李小布坐在长椅上，不停地流泪。她不时地用手背擦擦眼睛，她看到那张化验报告单，已经被泪水打湿了一片。因为受潮的缘故，那纸变得很不平整甚至失去了骨感。她小心翼翼地把化验报告单放进了皮夹子里。她要把这个消息告诉谁？告诉父母吗？她不想。

最后，她决定要去告诉桃花庵的瑞岳师太。有了这个决定以后，她马上就起身了，从人民医院乘坐 11 路公交车，很快到了桃花庵。桃花庵本来就是一个站台。

李小布下车后，转进了乌衣巷。在乌衣巷的巷口，她就碰到了一个人。阿朗像一截木头一样，斜斜地靠在墙上，仿佛是怕墙会倒下来，他故意支撑在那儿一样。阿朗看到李小布的时候笑了，说我知道我肯定能找到你。

李小布走到他的面前，她和他靠得很近，她很近所以她能很仔细地看着阿朗。她轻声说阿朗，你不能太辛苦。你做建筑的，不能让酒色把你掏空了。阿朗的脸红起来，神色有些局促。阿朗说，我不酒色的。李小布说，你为什么要在这儿等我，你想等到什么。阿朗想了想说，我想等你和我回去，我想和女朋友分手。

李小布说，你真的要我重新和你在一起？

阿朗的喉结滚动着，他说得很真诚，他说，我真的想和你在一起。

李小布说，不管我怎么样，即使我残了，你都要和我在一起？

阿朗的手指头竖起来，指向了天空。阿朗的声音仿佛是从胸腔里发出来的，产生着共鸣。阿朗说，老天在上，不管你李小布是怎么样的，我阿郎都发誓，要和你在一起。

李小布笑了，她掏出皮夹，又从皮夹里掏出化验单，递到了阿朗手里。阿朗看了看，什么话也没有说，就拿着那化验单发着呆。李小布从阿朗手里拿回了化验单，仍然小心地在皮夹里放好，像是藏起了自己的孩子一样。她离开了阿朗，她向桃花庵走去。她一直没有回头，就像是在路上根本没有碰到过阿朗一样。

　　李小布推开桃花庵的院门时，看到瑞岳师太微笑着坐在屋檐下，好像是在专门等她。她也笑了，走过去，走得很缓慢，像是在散步。她走过去的时候，身边小池子里，那些锦鲤不断跳跃着，弄起一大片的水声。李小布没有转过头去看，她只是盯着瑞岳师太看，她看到了瑞岳师太光洁的皱纹，闪着淡淡的肉色。她的鼻子酸了，她想，瑞岳师太就是亲人。

　　一张椅空出来了，小方桌上，放着一些茶果。看样子，瑞岳师太做了一些简单的准备。她点了香，洗了手，然后选择了一个舒服的姿势，把自己放在藤椅里。李小布在空椅子上坐了下来，李小布说，师太，我怀上孩子了。她说得很直接。

　　瑞岳师太说，怀上就怀上了。是女人总要当妈的。

　　李小布说，你为什么没有当妈。

　　瑞岳说，我和你不一样。

　　李小布说，孩子是赵光明的。

　　瑞岳说，我知道。

　　李小布说，我喜欢张园。

　　瑞岳说，我也知道。

　　李小布说，我可以分不到张园，但是孩子总能分到吧。

瑞岳说，能分到。

李小布说，那我就得仍然住在张园。

瑞岳叹了口气说，可是你分到了又怎么样呢。

李小布说，我喜欢那房子，那房子是我一手装修的。

瑞岳说，你就不想回到父母的身边吗？那儿才是你的家。

李小布说，那你又为什么不回四川呢？

瑞岳说，我说了，我和你是不一样的。我回不了四川，要回就回到泥土里去。

李小布不再说话，她开始吃点心。那些点心做得很精致，是瑞岳自己做的素糕，还放了几小截甘蔗和几只暗红发亮的荸荠。李小布吃得很认真，她的手又按在了肚皮上，生怕孩子会突然逃走似的。她捧着肚皮，觉得熨帖。在她离开桃花庵的时候，看到院中池子里的那些锦鲤，又在跳跃了。瑞岳的声音从后边跟了上来，瑞岳说，小布，别争了。如果你要争的话，就用不着去走那条弯的路。

弯的路又是什么呢？

是赵光明。瑞岳清晰地说。

李小布不再说话，闪身出了院门。她不争了，她对自己说，不争了不争了，我什么都不要，我只要另一个自己。

李小布把摊位重又转让给了别人。她走的那天，是个雨天。她先是在屋檐下坐了很久，要离开张园，就像是把她像一个孩子从子宫壁上剥离那样，有一点儿疼痛。她总是觉得她的灵魂，都附进了墙壁和砖瓦里。她想起一位姓张的秀才，曾经在这里很文学地生活过，赋诗作画饮酒。他会不会也热爱煮了黑鱼汤来喝？这是一个浮想联翩的雨天，李小布在屋檐下的藤椅上梳理了一遍她的诸暨生活。她和阿朗从镇江来到诸暨，她和赵光明住进了张园，她和马思思成了敌人，她认识了一个叫瑞岳的老女人，她有了另一个自己……现在，所有的都可以忽略不计了，可以计算的，就是三年，她多了另一个自己。

李小布早上起来，就去了菜市场。她什么也没有买，就买了一条黑鱼。她是打算煮了黑鱼汤吃的，她想一边吃汤一边和张园告别。但是当她赖倒在屋檐下的藤椅上时，就懒得动了。那条鱼就养在一只木盆里，它无忧无虑，一点也不知道自己差点上了砧板。

李小布的行李很简单，她拖着一只小巧的暗红色的拉杆箱，手里还拎一只塑料袋，袋里装了一些水，水就托着那条大难不死的黑鱼。李小布撑着伞走出院门，看到了站在门口的马思思和赵千叶，她们各撑着一把伞，站成了一大一小两个稻草人。她们的裤管有半边湿了，李小布喜欢这样的湿，这样的湿让人觉得真实。她捏着雨伞柄的手心里，就是一串钥匙。她伸过手去，钥匙掉下来，稳稳地落在了马思思的手心。

马思思和赵千叶一直站在张园的门口，目送着李小布远去。李小布越走越远了，她走得缓慢，但是却走得娉娉婷婷。很快，长长的乌衣巷就看不到李小布了，她很像是一滴慢慢淡下去的墨汁，淡到看不见为止。马思思叹了一口气。

赵千叶问，妈妈，你为什么要叹气？

马思思说，你看阿姨，那么标致的一个人，突然不见了，像从来没有来过乌衣巷一样。

赵千叶说，妈妈，她明明来过的。她要不来的话，赵光明怎么会不见的？

马思思说，你不懂。她就是没来过，赵光明还是要不见的。

赵千叶说，我不明白。

马思思说，你以后就会明白的。现在你不需要明白，你还小。

马思思说着，推开了张园的门，她带着赵千叶走进了张园。张园的院子，被雨淋湿了，那些植物们湿漉漉地一丝不挂地站在院中，各自亮出自己最鲜的颜色。马思思看上去，总觉得这张园显得不太真实，真觉得这太像一幅从水中捞起来的水墨画。

李小布在乌衣巷慢慢地前行。经过了四眼井的时候，她照例对着井水照见了四个自己。她笑了，向井中的自己挥挥手，抬头的时候，又发现了四眼井旅社。她想，我在诸暨生活了三年，竟然没有去四眼井旅社住一住。李小布带着这样的遗憾，继续往前走。长长的乌衣巷空无一人，像一只被掏空的口袋，仿佛所有的人都避开了，只是为了李小布的通行。李小布到了桃花庵，她推开了门。

李小布看到了正中的佛堂之中，香烟袅袅，一个二十来岁的女孩子，正坐在椅子上。瑞岳师太手里拿着剪刀，一刀下去，女孩子的长发纷纷扬扬地落了下来。再一刀，又是一场纷纷扬扬。一会儿，女孩的头发就变得凌乱不堪。瑞岳又亮出了锋利的剃刀，她认真而仔细地修理着女孩越来越圆润的光头。

李小布没有靠近，也没有离开，就站在院子的中央。瑞岳师太回过头来笑了，说，你来了。仿佛知道李小布会来一样。

李小布说，她怎么了？

瑞岳师太说，她来和我做个伴的。

李小布看到那女孩抬起头，冲着她很甜地笑。她的眉目清秀。

李小布说，这世界，怎么又多了一个受伤的女人。

瑞岳师太说，为什么要受伤才可以剃度呢？她什么事也没有碰到，她就是突然喜欢上了桃花庵。

李小布知道，自己永远也说不过瑞岳了，自己永远也解不透瑞岳心中的因缘。她不再说话，转过身看着那小小的池子。那小池有石砌的边岸，看上去像一只朝天睁着的眼睛。那些锦鲤显得很安静，它们没有跳跃，只是在雨水之中，自由地游动着。李小布觉得，那些连着天和池子的雨，是不是一条锦鲤们通往天上去的小路？

李小布走到小池子边上，把塑料袋里的黑鱼放进了池子。黑鱼混合着一些水，稀里哗啦地落进了池子。黑鱼很快和锦鲤们打成一片，它看上去显得很兴奋，生机勃勃的样子。

李小布离开了桃花庵，离开了乌衣巷，就等于是离开了诸暨。她在长途车站等车，她的半边身子也湿了。在等车的时候，她给家里打电话。她说，父亲。

父亲在电话那头说，小布。你要回来了是吗？

李小布说，父亲。

6

李小布回到了镇江。一路都在下雨，卧铺车上的人都在睡觉，他们一定是想把这个落雨的天气给睡穿了。快到镇江，过长江轮渡的时候，李小布看到了一江的烟波。家越来越近了，家其实并不远，家在一条叫雅鱼的小巷里。父亲和母亲本来并不住那儿，但是他们买了雅鱼巷的房子。父亲爱上了那儿的老房，父亲在那儿请一个叫周百胜的书法家，写下了几个字：雅鱼草堂。这几个字被制成了木匾，就挂在门口。这个曾经的拖拉机厂宣传队员，在这儿开出了中药铺。

李小布牵着她的拉杆箱出现在雅鱼草堂的门口，她闻到了中药的气息，她喜欢这样的气息。那一格一格的装中药的小抽屉，争先恐后地跌扑着冲进她的视野，这样就让她的眼神感到疲惫起来。她的眼睛有些涩，就闭了闭眼睛。父亲穿着青色的长衫，从药房里闪出来。李小布就叫，父亲。

傍晚的时候，母亲回来了。母亲在小巷的另一端开一家小小的粥店。腊肉粥、赤豆粥、皮蛋瘦肉粥、清火粥、桂圆粥、海鲜粥……李小布知道，以后的日子，她可以随时穿越雅鱼巷去母亲的店里吃粥和帮忙。她用手再次捧住了自己的肚子，她对另一个自己说，你也有得吃。

母亲手里拎着一只黑色的塑料袋，她把袋子举了举说，小布，我给你买了一条黑鱼。晚上，给你煮黑鱼汤吃。

李小布的生活变得很安静，她不想再出门，她只想留在雅鱼巷里终老。在雅鱼草堂楼上的板壁上，挂满了一长溜的乐器。李小布和父亲可以一起弹奏。李小布还开始学习中草药知识，她和父亲一样，穿起青色的长衫。在店堂里劳作，切药，炖药，翻一本关于草药的书。在这样的过程中，李小布的肚皮越来越圆了。

一个星期天，李小布从粥店回来。快到雅鱼草堂的时候，听到了二胡的声音。那琴声悠扬，弦上有着柔软的劲道，李小布能听得出来。她慢慢地靠在门框上，看到了一个低头拉琴的人。那是一个三十好几的男人，留着及肩的头发。他的琴音有些苍凉，而他埋头拉琴的样子，像是沉入一场旧时的梦一样。李小布喜欢这种沉浸的神态，李小布想，人生就是这样，不断地下沉，不断地下沉。

父亲把李小布拉到了一边，轻声说，他叫张二娃，是文化馆的乐器教员。他有六个手指头，但是这不妨碍他拉琴。主要是，他愿意和你还有孩子生活在一起。

李小布一言不发。她没有表态，因为她不想对父亲表态。她就一直听着张二娃拉着二胡。张二娃总是不抬头，拉了一曲又一曲的二胡，一直拉到日近黄昏。然后他站起身来，他的背有些微驼，或许是因为习惯的原因。他看到了李小布，李小布对他笑了，露出一口白牙，说，张二娃，我们什么时候去登记吧。

张二娃点了点头。张二娃看到李小布的父亲，脸上舒展开了密集的笑纹。那眼角的纹路里，嵌上了湿湿的泪水。这时候，李小布肚皮里的那个自己，轻轻地踢了李小布一脚。然后，又一个春天就来了。

「金丝绒」

1

在唐丽的记忆中，那是一幢四层小楼，墙上爬满了英姿勃发的爬山虎。在这密密匝匝被绿意包围着的铅灰色小楼里，有长长的走廊。高大宽敞的屋子，铺着杉木地板。排枪一般的光线从洞孔里直射下来，斑驳迷离地落在油漆剥落的地板上。唐丽无数次地抱着自己的长腿，坐在排练厅的地板上蜷着身子想一个问题，那就是在巨大的苏式建筑面前，自己真小，像一张随时能被风吹起的棒冰纸。

零星的爆竹从遥远的浦阳江对岸传来，受潮的声音缥缈而无力。一九八二年冬天某个漫长的午后，就被唐丽在排练厅的地板上坐掉了。她觉得屁股有些酸，站起身来在宽大的墙镜上看穿着舞蹈服的自己。身体的线条柔和玲珑，如果用一种动物形容，可能不是温婉的鹿，而是迅捷的小豹。丝丝缕缕的手风琴声响了起来，是《喀秋莎》。唐丽突然觉得在这个腊月的日子里，有哭的欲望。她呵着嘴对镜面吹热气，然后用手指头迅捷地划过玻璃，在热气覆盖的玻璃上写下三个字：我爱你!

在唐丽的记忆里，那个腊月的暨阳县文化馆小楼几乎就是一幢空楼。《喀秋莎》的音乐是一种牵引，唐丽开始顺着这种牵引飞奔，像光线一样蹿向三楼。她气喘吁吁地撞开了音乐室的门，老康正在拉手风琴，他没有看她，神情专注，仿佛是一位雪地上赶着牛车的老人。她不停地喘息着，音乐声终于渐渐静了下来，好久以后，一个温和的声音响起。老康说，你怎么了?

唐丽把门合上了。他们已经一起度过了秋天，再度过冬天。以前老康办公室的门总是开着，一些男男女女的学生来跟他学乐器。现在唐丽一言不发，她把门合上后迅速冲向了高大的像幕布一样垂挂着的金丝绒窗帘，一把拉拢了。屋子里陷入了黑暗，唐丽把老康逼到了屋角。她的嘴慢慢凑过去时，看到了老康的嘴干燥，甚至有一条开裂的纹线，露出浅红的皮肉。她一下子嘬住了老康的唇，老康变得慌乱起来。他胸前还孕妇一样地挂着那只上海产的百乐牌手风琴。手风琴黑白分明像斑马一般的身体，被老康胡乱地解下，放在了地上。

他们滚在了一起。滚到窗下的木地板上，衣服像飞不高的纸鸢飞起来又迅速地落在木地板上。唐丽的手胡乱地撕扯着，她把整幅的金丝绒窗帘给拉了下来。阳光又涌了进来，金丝绒盖在他们的身上，这让唐丽差点笑出声来。她感到了温暖，她认为金丝绒真是一种不错的面料。她在金丝绒下面，用双腿像八爪鱼一般紧紧地绕住老康，然后张嘴在老康的唇上狠狠地咬了一口。老康痛得倒吸了一口凉气，这时候他听到唐丽在他耳边轻声说，康金才，康金才，康金才。唐丽的声音由轻变重，老康惊惶地一把按住了唐丽的嘴。唐丽扭了一下老康的脸，不怀好意地笑了起来，说，胆小鬼。

在唐丽的记忆里，那是她比较疯狂的一次。她看到老康坐在地上穿衣服，肚皮上有明显的赘肉。唐丽想，毕竟是有些老了。但是唐丽仍然爱他，爱他手指间流出的音乐。唐丽看到老康又回复了原样，衣冠楚楚。而她赖在地上不愿起来，她顺势打了个滚，身体卷进金丝绒窗帘。她就躺在地上，从下往上看老康。老康的皮鞋一尘不染，肚皮微凸，脖子上有许多脖纹。他整了一下衣领说，明天是除夕。

　　这时候，唐丽又看到排枪一样的光线从整排的圆形洞孔中漏进来，轻易地射穿腊月。

　　唐丽在第二天清晨坐班车回新安江过年。笨拙的公共汽车穿过暨阳县城，然后向她的老家驶去。这是一个萧瑟的年，鞭炮的声音显得零星、无力和细碎。唐丽在车子的晃荡中，随意地想起三个月前到文化馆报到的情景。她踩着一地金黄的银杏落叶，找到了暨阳县文化馆。文化馆藏在一个陈旧的院子里，院子中有一棵比较高大的美人蕉。在美人蕉的旁边，她足足站了十分钟，她一直仰头看着这幢小楼。她认为她是爱着这幢小楼的，因为宽大，粗朴，沧桑。然后她在二楼找到了馆长，馆长在馆长室里认真地喝茶，他的半张脸藏在阳光中，有刀削一般的立体感。这是一个戴着黑框眼镜的沉默的男人，很干净，桌子上的书堆得整整齐齐。后来像影子一样高而瘦的馆长把她领到了排练厅，排练厅在文化馆顶层四楼，铺着木地板，靠墙站着一面明晃晃的大镜子。大镜子上积了一些灰，可以看出很久都没有使用了。唐丽伸出手指头在上面写下了三个字：我来了。这时候手风琴的声音闯进来，唐丽问，谁？馆长说，什么谁？唐丽眯起眼笑了说，拉琴的人是谁？馆长说，老康。馆长想了想又说，孩子，你是个笑眯眼。

再过些天，唐丽就有了一批业余舞蹈队的学生。这些学生来自各个学校和工厂，回去以后都有演出任务。这些学生好动，青春，自来熟，和唐丽打成了一片，总是轮流着做东请唐丽去小饭馆撮一顿。唐丽觉得自己的秋天变得充实起来，她喜欢音乐，出汗和洗澡。出汗令她的精神比较饱满，双腿紧绷有弹性，走路也像鹿一般轻快。唐丽觉得自己很快地融入了这座县城，在她参加了总工会的一次文艺会演后，又认识了一些朋友。唐丽认为，这儿简直就是新鲜的故乡。

唐丽最喜欢的，却是馆里四处回荡的音乐声，后来她知道那是音乐组的老康在带学生。唐丽第一次见到老康的时候是在开水房，老康打开水，唐丽就排在他身后，一个看上去并不十分起眼的中年人。唐丽听到有人叫他老康，但是唐丽的印象里，只有开水房里热气腾腾的场景。那天老康往回走的时候，热水瓶的底漏了，发出了一声巨响，蒸腾的热气中银色的瓶胆碎片铺了一地。老康在原地愣了好一会儿，他显然是被吓了一跳，裤腿上还留着黑黑的水渍。唐丽觉得老康真有意思。唐丽眯起眼笑，叫他康老师。

唐丽后来抱着一只新的手风琴出现在老康面前。她当着老康好多学生的面说，康老师我想学手风琴。老康的目光停在唐丽的长腿上，说，我觉得你还是用腿合适。用腿是你的专长。贝多芬说，一个人不能有太多的专长，那样会学艺不精。

唐丽说，贝多芬说过吗？

老康想了想，很认真地点了点头。我认为说过。

唐丽笑了，说，可是我喜欢《喀秋莎》。顿了一顿又说，我的手指适合音乐，双腿适合舞蹈，不信你试试。

老康后来还是收下了唐丽。她喜欢听老康拉《山楂树》，她说你能不能再拉一次，老康就为她再拉一次。她的两手托着腮，手支在桌子上，入神地沉浸在那淡淡的忧伤里。许多次，唐丽和学员们把老康围在中间看他示范的时候，目光总要瞟向音乐室那金丝绒面料的窗帘。她觉得金丝绒给了她温暖，很像一位在微风中轻漾的母亲。有时候唐丽会偷偷地藏在金丝绒窗帘的后面，拼命地闻金丝绒的味道，那样的时候她甚至想哭。终于有一天，老康发现了金丝绒下面露出的小小鞋尖。他走过去，把手在鞋上放了一会儿，又走开了，像是孩子感冒时用手贴脑门测一下体温一般。那时候，唐丽躲在金丝绒后面幸福得发抖，她发现自己喜欢上了老康。于是她把金丝绒大把含在嘴里，细细嚼着，直嚼得整团的金丝绒都变湿了。像一块受潮的地图。

当然唐丽也喜欢手风琴，喜欢文化馆苏式建筑的格局，喜欢苏联的味道。不知道为什么，就是喜欢。她认为苏联是一个比较苍莽的国家，有一种粗朴的忧郁。她把这个想法告诉老康的时候，是在一次演出中。那时候，前台在演出，老康像一个游手好闲的保卫干部，反背着双手在后台缓慢地踱步。他和唐丽都带着一批学生去，在巨大的幕布后，唐丽认真地说了喜欢苏联的建筑和音乐。唐丽说，你知道苏联吗，那是一个马铃薯和牛肉的国度，是一个重工业的国度。有力度感。

老康想了想说，我现在决定，改名康苏联。

这时候唐丽知道，老康是一个非常风月的人。他的风月被老式陈旧的服装紧紧包裹住了，像一个老派而严肃的文化干部。唐丽知道，老康的骨头，是青春勃发的文化青年的骨头。唐丽真想仔细地敲打一下老康的骨头。

2

这是一个漫长的春节。在老家新安江小镇的屋子里，唐丽看到的是满屋的老康。唐丽的时时失态，让母亲有了隐隐的感觉。春节长假还没有完全过去，唐丽就借口工作忙回到了暨阳县。南方小城的冬天，一直是深陷于那种阴冷的寒意中的。无数次，唐丽从并不温暖的宿舍出来，踩着路面的薄冰，一次次地站在文化馆的楼下，向老康的办公室张望。窗口的金丝绒窗帘，老康不知道想了一个什么办法又挂回去了。这令唐丽有些失望。

唐丽在宿舍里连续吃了几天的面条，终于等来了上班这一天。唐丽站在院子里，装作打扫卫生，又装作给各个办公室打水。她不停地和同事们说新年好，但是老康却一直没有出现。直到中午的时候，康金才臂弯里夹几本乐谱，走进了办公室。唐丽忙把一瓶打好的开水送了过去。

唐丽说，康老师，新年好。

老康公事公办地说，新年好。小唐什么时候回来的？

唐丽说，我根本就没有回去过。

老康说，你没回去？我记得你坐公共汽车回的新安江。

唐丽看看左右，一下子用右手的食指指在了胸口，说，我是说它一直留在这儿。

老康明白唐丽说的什么意思，压低声音说，你犯什么病哪？

唐丽走到了老康的手边，她忽然伸出手快捷地捉住了老康说，我发神经病。我就是要发神经病。

老康的脸一下子红了，他看了看四周说，松开。你胆大包天。

唐丽眯起眼笑了，说，它是我的。我爱松开就松开。

老康想说些什么，但是他想不起合适的词，只好重复说，你胆大包天。

唐丽说，不是我胆大，是你胆小。今晚你在这儿等我。

老康说，不行，我有事。我妻舅一家今晚到我家吃饭。

唐丽说，你的事有我重要吗？唐丽说完放下水瓶就走了，走到门边还故意大着嗓门说，康老师要有什么事儿你吱一声。

唐丽走出门去的时候得意地笑了。她回头的时候，看到老康若有所思地站在办公桌前。

这天晚上老康还是摸黑进了办公室，在黑暗之中，唐丽一把搂住了他。她什么话也不说，一边咬着老康的耳、下巴、鼻子、肩和胸，一边不停地剥着老康的衣服。老康说，你疯了。

唐丽说，疯了就疯了。疯了也没有什么了不起，照样活人。

老康还是被唐丽调动了起来，他们站在窗边，疯了一般地做爱。唐丽的脸面对着三楼的窗户，对着窗口喊，啊，啊啊。老康一把捂住了唐丽的嘴，老康说小祖宗，你一定是老天派下来的小祖宗。有一天我会被你折腾死的。

唐丽从幸福的战栗中回过神来。她盯着老康说，你怕了？你后悔了？

老康忙把头摇成拨浪鼓的形状。

　　唐丽把下巴微仰起来，不屑地用双手撑在墙上，把老康环在其中。这时候唐丽在微光中看到老康的头发开始稀疏了，唐丽的心头突然有了一种隐隐的痛。唐丽快捷地吻了一下老康的唇，柔软地说，说你爱我。

　　老康盯着唐丽的眼睛，说，这有意思吗？

　　唐丽喘着粗气说，说你爱我。你必须说你爱我。

　　老康把头别向了另一边，他的表情有些凝重，好像陷入了一种绝望中。唐丽生气了，在老康的胸前抓了一把，说我要和你在一起。你和你们家小崔离婚吧。我受不了你回到家和小崔睡在一张床上。

　　是两张。老康果断地纠正了，有些中气十足。妻子小崔是人民医院的医生，常加班，为了不影响老康，和老康分床睡。

　　两张也不行。你至少得回你那个家，唐丽咬着牙说。我受不了，我要真感情，我要你在我身边。

　　老康说，可是我比你大那么多，你跟我在一起，你会觉得幸福？万一我很老了怎么办？

　　唐丽说，你很老了，我就把你当古董保护起来。

　　老康不再说什么，好久以后才像想起什么似的说，唉，你一个新安江人，怎么会安排到我们馆里来的？

人民医院骨科医生小崔是在春天正进行得如火如荼的时候到老康的办公室的。她至少有三年没有来老康的办公室了，但是那天她恰巧经过了老康的办公室，她很想进文化馆看一看。在看到院中的那棵美人蕉的时候，她还感受了一下美好的春天。然后她在和煦的春风中轻快地到达了三楼。三楼没有惯常的音乐，只有闭着的门。小崔敲了敲门，一会儿露出了老康的脸。老康有些惊讶地说，你怎么来了？

　　小崔说，我顺路，来看看你。

　　老康说，我代表我自己欢迎你。也代表我的这些乐器。

　　小崔笑了，说，要么半天不吭声，要么全是废话。

　　小崔的目光落在了那些乐器上。那些乐器在这个春天里都显得有些精神抖擞。在老康的办公室里，它们都认为自己的日子过得比较充实。小崔的目光像电影放映机一样沙沙地转动着，然后她的目光透过一排圆形的光线，投在了金丝绒窗帘上。再顺着风中轻扬的窗帘往下看，看到了一双蓝印花布做鞋面的布鞋。那布鞋做得有些精致，但是鞋里面的一双脚却不是小崔的。

老康不动声色地望着小崔。小崔笑了一下，慢慢地退到门边，然后走了出去。一会儿，唐丽从窗帘背后走了出来，说她没看到吧。

老康说，她没看到她会一言不发地走开？

唐丽说，那你怎么不拦住她？

老康说，拦住她吵架，还是拦住她说明一些问题？你不该躲到窗帘后面去。

唐丽说，是你让我躲进去的。你是不是吓坏了？

老康这时候却凄惨地笑了，说，不是吓坏，是绝望。会闹的女人是不可怕的，不会闹的女人才可怕。

唐丽一把抱住了老康，她把脸贴在老康的胸前说，不用怕，我会和你在一起的，真不行咱俩过。

老康的手抬起来，轻轻抚摸着唐丽的马尾巴说，你真孩子气。她现在一定站在太平桥上。

现在的小崔果然就在太平桥上。太平桥和文化馆并不远，这是一座老去的老桥。小崔就在并不宽阔的太平桥上走来走去，她的眼泪终于在这个春天像是刹车失灵一样滚滚而下。桥下因为前几天下过雨，翻着浊黄的水浪，差点就和桥面持平了，可以闻见水的腥味扑鼻而来。桥上的天空却是湛蓝的，很低地压下来。云层稀薄，使阳光有了足够的穿透力。阳光轻易地把小崔的胸腔和心情击穿了，她觉得眼里的阳光是白花花的一片。她的眼睛，在不久以后肿成了两只核桃。

唐丽怀孕了。在一九八三年的初夏，唐丽吐掉了很多的酸水。和老康在小饭馆一起吃饭的时候，唐丽再一次感到了恶心。人声很嘈杂，唐丽盯着认真吃菜的老康看。等老康吃了一个小肉圆以后，唐丽说，我想过了，我还是要把他生下来。我连名字也想好了，他不跟你姓，他姓唐。如果是男的，叫唐朝，女的就叫唐婉。

老康不说话。他一个又一个地往嘴里扔小肉圆，喉结不停地运动着。唐丽说，你是个男人吗？你是男人你就给我一个说法。我要和你结婚。

老康的脸涨红了。他剧烈地咳嗽起来，环视四周后说，这儿有啥好说的。这儿是什么地方，这儿太嘈杂了。

在安静的艮塔公园里，老康陪着唐丽度过了一个下午，从中午一直坐到日落西山。在这个过程中，唐丽坐在长椅上一言不发，始终没有换过姿势，而老康在不停地围着椅子打转。看上去他很疲惫，特别是在夕阳斜斜地披在他身上时，他简直像一根随时可以掉在地上的粗大面条。他让唐丽先把孩子流了，然后他很快就会离婚。他的理由是，先有了孩子，那在别人眼里就是一场预谋的婚变。

唐丽捧着肚子低低地吼起来，又不是预谋杀人，预谋生人有什么不行的？

老康说，安静，你能不能安静？你答应我你先流了，我就找小崔商量去。这需要过程，你知道什么是过程吗？

唐丽说，我知道，过程就是杀死我的孩子，杀死唐朝或者唐婉。

最后，唐丽还是答应了老康，这让老康有些感动。唐丽不忍心再看着老康这副死也不行活也不能的样子，她不忍心老康再累了。老康的心情好了起来，第二天，他就带唐丽去了中医院。

唐丽在家足足待了一个星期。老康总是会给她端来饭菜，问寒问暖，这让唐丽感觉到了夫妻之间才会有的那种温情。唐丽后来上班了，上班的时候她仍然会在院子里美人蕉的旁边站好一会儿。她突然想，美人蕉真像是自己的孩子。这时候眼神阴郁的馆长悄无声息地走过，又停下，转头对唐丽说，你脸色很差。

唐丽笑了，说我就是这肤色，龙的传人，黄的。

馆长摇了摇头，叹口气，反背着双手上楼。唐丽想，自己真是荒唐，群众的眼睛总是雪亮的。一会儿，馆长把唐丽叫到了办公室。馆长变戏法似的从抽屉里拿出了一只人参，这是一只干而瘦的人参，显得很精干地躺在唐丽面前的办公桌上。馆长说，你拿去炖着吃了吧，补一补。不然会垮。

唐丽的眼泪突然不争气地滚了下来，她一边滚一边用手抹着，抓过人参无声地走出馆长办公室。走到门边的时候，又像突然想起什么似的，转过身来向馆长鞠了一躬。她看到馆长的嘴像被钓上岸的金鱼一样，不停地张合着。这个干瘦的老头让唐丽感受到温暖，她想，要是馆长是她的爸，该是多么好的一件事。

一个月过去了。唐丽的脸恢复了红润，她为暨阳化肥厂和暨阳机床厂两个厂团支部的年轻人排舞，据说是要参加计经委系统的会演。她的嗓音清脆而响亮，回荡在四楼的排练厅。在一个黄昏，年轻人都散去了，唐丽走向了三楼，走到老康的办公室，什么话也不说盯着老康看。

老康也不说话，他知道唐丽这一次来，就是来问他什么时候离婚的。老康把抽屉慢慢打开，一把刀子出现在唐丽面前，然后老康把眼睛闭上了。唐丽抓过了刀子，轻轻地用刀子削着自己的指甲说，你这是勇敢，还是懦弱？

老康说，你不会明白的。我有女儿。

唐丽的声音也加大了，可是我们本来也有唐朝，或者唐婉的。

老康说，我做不到。我连说出来都做不到，我怎么忍心对小崔说。她一次也没有责问过我。

唐丽说，那你怎么忍心这样对我？唐丽的眼里含着泪花，她突然感到的绝望，让她用刀子迅速地削去了自己的指甲盖。巨大的疼痛，让唐丽感到全身的血热了起来，像有蚂蚁在血管中跑步比赛。她把刀子狠狠地钉在了桌面上，然后用另一只手捂着满是鲜血的手指，从老康的办公室奔了出来。唐丽需要的是疼痛，唐丽想，能不能把我痛死算了。唐丽走出老康办公室的时候，看到后勤、财务和几个部门的女人们站在走廊的一侧，像排着队一样木然地看着她。唐丽昂起了头，故意缓慢地从这些女人的身边走过。

在一九八三年的初夏，老康的眼里不断地晃荡着的，是钉在桌子上的刀子。那把刀子明晃晃，有些能够缭乱人的目光。老康的耳朵里，灌满的也是那刀把晃动时发出的嗡嗡声。他苦笑了一下，随手拿过一只唢呐，却对着屋顶吹起了《抬花轿》。那欢快的唢呐声，很快灌满了空荡荡的屋子。

我们都看不到。如果我们能看到，就一定能看到那年初夏老康在吹唢呐时，除了满脸憋得通红以外，就是满脸的泪水。

3

一九八三年注定是一个不安分的年份。唐丽不再理会老康，她去找了小崔。去的那天，她特意换上了那天隐藏在窗帘背后时穿的蓝印花布鞋面的布鞋。因为穿着布鞋，她走路的样子就显得有些悄无声息。她飘过了医院长长的走廊，一只手指搭在墙上轻轻地划过。她好像还唱了一首那个年代曾经流行过的歌曲，然后她出现在骨伤科门诊。

　　小崔在为病人看病。小崔是一个频繁使用石膏的人，她正在为一个摔断了手臂的男人上石膏。她看了唐丽一眼，努了一下嘴，意思是让她先坐一会儿。她的脸上一直荡漾着平静的笑意，为一个又一个的病人诊治。然后，在黄昏来临以前，累坏了的她终于停了下来，在唐丽面前坐下。

　　我能不能和你聊聊？唐丽说。

　　小崔摇了摇头说，不能。

　　为什么？

　　因为我想下班了。小崔说完脱下了白大褂挂在墙上，她换好衣服背起包走到了办公室门口对唐丽说，你能不能出来？我想锁门。

　　唐丽起身走了出去。她跟着小崔，她说你选地方吧，我们找个地方聊聊。在办公室，在你家，在饭店，在食堂，都行。

　　小崔大步地向前走着。她的步幅有些快，些微的风把她干净而清爽的头发微微地吹乱了。她走得快，唐丽就跟得快，终于小崔停下了脚步说，你跟我来。

　　小崔带唐丽进入的是医院太平间。小崔走了进去，说你进来吧。小崔以为唐丽是不敢进的，但是唐丽咬了咬牙，走进了太平间。这是一段太平间里的对话，在对话以前两个人都沉默了许久。许多没有生命的身体，整齐摆放着，让唐丽的心尖上沁过一丝丝的凉意。唐丽说，为什么要带我到这儿谈？

小崔说，因为我差不多就是一个死人。我的心死了。

唐丽说，你知道我想说什么。你能不能放手？

小崔说，我太想放手了。我的女儿不允许我放手。

唐丽说，得为自己活。为别人活是可耻的，可怜的。

小崔说，可是为自己活是自私的。

唐丽说，你们有爱情吗？你们没有爱情，你还守着他干吗？

小崔说，我们有过爱情，和你现在的爱情是一模一样的。但是现在，我们的爱情就像这太平间一样死气沉沉。

唐丽说，那你放手吧。你放手了可能你就会快乐了。

可是我的女儿会不快乐。老康对女儿很好，女儿不能容忍老康的离去。小崔说着抬腕看了一下表，接着说，我要下班了，我要去买菜。对不起。

小崔走出了太平间，她依然走得飞快。唐丽站在太平间的中间，她觉得黑暗越来越近了，像一只黑色的麻袋把她罩在其中。她咬了一下嘴唇，又咬一下，牙印深深陷入唇中，血丝马上就涌出来。她用舌头舔舔血丝，眼泪无声地滑落下来。

吃饭的时候，女儿康曼莉在不停地说话，说她们班上的一位同学，父亲突然失踪了。父亲还是一位校长，他竟然放弃了所有，带着一位年轻的女老师私奔了。康曼莉头上扎着马尾，身材看上去健硕，每一寸皮肉都充满着青春。她的额头上，闪亮着几颗饱满的青春痘。小崔和老康都不说话，埋头吃着饭。等吃完了，康曼莉把碗一推，抹一下嘴说，要是我是我同学，我就把那狐狸精给宰了。

这时候老康正在喝汤，他惊讶地抬起了头，认真地看着满不在乎的康曼莉，小崔也盯着康曼莉看。过了一会儿，小崔说，曼莉，人家不是狐狸精。你还不懂，人家女老师还没结婚，能做这样的事要付出多少？人家也苦的。

老康没有想到小崔会这样说。他的嘴角还挂着汤水，女儿发出了不屑一顾的声音，她说切，折腾什么呀。小崔把目光留在了老康的嘴上，她的心酸起来。十多年前，他们都很青春，现在老康看上去却有了明显的老态。

老康出去了。白天唐丽约好要见他，唐丽以为不管好坏，她和小崔之间总会谈出个结果的，但是却没有。老康说，单位里有点儿事，我得去一下。小崔在洗碗，她没说好也没说不好。老康闪出了屋去，在屋檐下长长地叹了一口气。老康家住的是平房，在光明路上，路边有高大的梧桐。这些房子是房管会分的，低矮逼仄，幸好路做得有些宽。但是因为在整修，所以路上坑坑洼洼，到处是水。老康刚要抬脚的时候小崔却湿着一双手出来了，轻声说，害人的事，自己去解决吧。

老康走了，行进在光明路。路上无人，看得到一堆堆沙子，像一个个坟包一样。还有一些工地用的手推车，透着凌乱的硬度潜伏在夜色里。老康看到了不远的树上挂着半个月亮，他突然觉得这样的夜色充满着鬼魅之气。这时候他站定了，一个晃动着的亮光追了上来。康曼莉气喘吁吁地挥着电筒，她把电筒递到老康的手里，说妈让我送电筒过来，在修路呢，好多坑。

康曼莉用手拍了老康一下，老康就觉得康曼莉拍出的不是手掌，而是一颗能击中灵魂的温暖的子弹。老康手中握着手电，他为回去的女儿照亮道路，因此他不由自主地跟了上去，他想把女儿送回到家门口。在月光和手电的微光中，可以看到女儿光洁的额头。这时候他才想到，女儿就是他的命。这样想着，他的眼泪混合在月色中，斑驳而逶迤地滚了下来。

4

唐丽的日子变得模糊不清。她分不清天与地，日与夜，只感到一切房屋与河流、马路都在摇晃，所有的人都成为陌生人。她选择了一个干净的清晨，从一早就开始洗澡。她有好几天没有洗澡。然后她换上了衣衫，比较整洁地来到了文化馆。她已经有好几天没有上班了，在院子里美人蕉边上站着的时候，她对文化馆有了些微的陌生感。音乐的声音从三楼掉下来，像一场从天而降的碎屑。唐丽微微笑了一下，她迎着这些碎屑上楼。

门慢慢被唐丽推开。她直直地行走，走到了老康的面前。老康正在教一圈女学生弹琴，他的目光努力地推开了围着他的学生，投在唐丽的身上。他看到素洁如一棵雨后白菜的唐丽，喉结翻滚起来，不说什么，是因为他在等待唐丽说什么。唐丽却什么也不说，只面无表情地盯着老康看。女学生们都涌了出去，一会儿，音乐室只剩下老康与唐丽。

老康用脚慢慢移动一张小凳子，把小凳子移到了唐丽的屁股下面。没想到唐丽却一脚踢开了，发出单调而刺耳的声音。唐丽说，康金才，你给我一个说法。你必须给我一个说法。

老康看了看半张的门，走过去关上了。他又走到唐丽面前，慢慢跪下来，说你能不能给我一个安静的生活，我经不起折腾了。唐丽轻蔑地笑了，她在一张凳子上坐了下来，说，我蔑视你。

老康说，你蔑视吧。我让你蔑视一万次行不行?

唐丽说，你真不是个男人。你爬过来。

老康果然就爬了过去，爬到了唐丽的面前。他像一条乖巧的小狗，抬起头摇着隐形的尾巴。他说唐丽，我们路归路桥归桥，我不能让我家小崔再痛下去，我不能让女儿知道这件事。

唐丽咬着嘴唇，你家小崔？那我呢，我算什么？我算个混球呀。唐丽的声音从喉咙里奔出来，很刺耳。她突然抬起脚，一脚踩在了老康的背上说，老康，你真让我绝望。

这时候门打开了。门口闪进来一张光洁而年轻的脸，她背着一只书包，手里用尼龙丝袋拎着一只铝饭盒。老康还趴在地上，双手撑地，愕然地望着突然闪身而进的康曼莉。康曼莉没有去看自己倒在地上的父亲，在她眼里父亲成了不起眼的庄稼。她的目光停留在唐丽的脸上和脚上，她知道一个女人敢把脚放在父亲的背上，那么这个女人就一定和父亲有着不一般的关系。康曼莉走到唐丽身边的时候，唐丽突然觉得有些不太自然，她想把那只脚拿下来。这时候，她听到了风的声音。风声之中，康曼莉抡起的铝饭盒砸在了她的额头。

唐丽觉得自己的额头热了起来。她慢慢地伸出手捂在额头上，等拿下来的时候，她看到了手掌上的一片血。她知道头发已经被血粘牢了，而康曼莉却没有退意，这是一个和母亲截然不同的女人。康曼莉寻衅的目光死死地盯着唐丽，而唐丽再次用手捂着额头，拿眼神盯着老康看。她在等待老康的反应。

老康站起来，一个响亮的耳光甩向康曼莉。老康的手仍然停留在半空，他一下子愣住了，因为他看到女儿冲着自己笑了。一边笑，眼泪却奔涌而下。女儿什么话也没有说，转身就走。门仍然半张着，老康愣在那里，半天才把手放下来，喃喃地对唐丽说，这是我第一次打我的女儿啊。

唐丽说，我是从小被打大的。打几下有什么了不起？

老康木然地走到了墙边，他缓慢而沉重地一下一下用头撞击着砖墙。一边撞一边说，老康，你真该死。你为什么打你的女儿？老康，你真该死啊，你为什么吃着碗里的看着锅里的。老康，你真该死，我要看你怎么收场。唐丽冲过去，一把拉开了老康，尖叫着说，老康你疯了？你真不是个男人。

老康也吼起来，我本来就不是个男人。我要是男人，我就从这楼上跳下去了。

一些灰尘，在这个清晨开始飞舞。它们在老康和唐丽的争吵声中纷纷扬扬地飘落。唐丽哭了，用双手抓住老康的双肩，拼命摇晃着哭泣。可是可是，她说，可是老康我爱你呀。然后唐丽扑进了老康的怀中，老康的手探过去，这时候他感到了心痛，他心痛唐丽的额头流出的鲜血。他掏出手帕，像一个慈爱的父亲一般，细心地替唐丽擦着额上的血。

这时候，门口围了一圈看热闹的女同事。她们不说话，好像训练有素似的，在静观着事态的发展。老康扶着唐丽走出去，老康说借光，我陪唐丽去卫生院包扎一下。围观的人群好像不太愿意离开，这时候从二楼跌跌撞撞上来一个拎着酒瓶浑身酒气的年轻人。年轻人留着长发，眼睛深陷在眼眶里，看上去有些瘦弱。他指着这些女同事说，滚开，你们给我滚开。你们看什么热闹，告诉你们，这是人家的私事。

一个女人轻声说，那关你什么事呀？

年轻人恼了，将酒瓶在墙上砸碎，他手里提着半截有着锋利锯齿的酒瓶，摇晃着身子指着女人说，你要再这样落井下石，我把你的嘴给戳穿了。年轻人刚说完，就咕咚一声摔倒在走廊上。他是被酒放倒的。

后来唐丽知道，这个愤怒的青年叫董小培，是新调来的群文创作员，是个诗人，搞文学培训，每月编辑出版一期叫作《暨阳文艺》的对开小报。

5

这天晚上，唐丽的额头上包着纱布，安静地坐在老康的办公室里。老康已经回家了，唐丽说，你让我安静一会儿，我一个人待会儿。

老康回家后。瘦高的馆长进入了音乐室。他什么话也没有说，只是慢慢地走到了唐丽的面前。他的两只手伸在裤袋里，仿佛很悠闲的样子。唐丽将了将头发，冲馆长笑了一下。馆长说，你们为什么把动静闹得这么大？你们累不累？

馆长说完，不再说什么。他走到了门边的时候，又留下了两句话，一句是，我也年轻过；第二句是，我马上就要退休了。馆长的身影在音乐室门口晃了晃，像一闪而过的一道白光，或者说，是他根本就没有出现过。唐丽又陷入了无边的寂静中。很久以后，她站起身来，站到窗边，站在金丝绒窗帘的背后。她用双手捧住金丝绒，突然觉得，金丝绒像自己的妈妈。她把脸埋在了金丝绒里，以为自己会哭的，但是她没有。她的身子慢慢矮了下去，靠墙坐了下来，用双手抱住双膝。

　　黑暗来临了。门被推开，老康回来了，好像行色匆匆的样子。他把唐丽的手拉了过来，在唐丽的手心里放上了一只沉甸甸的金戒指。唐丽说，这算什么？一种赔偿吗？

　　老康局促地说，你怎么这样说？

　　唐丽斜了老康一眼，那你想让我怎么说？

　　老康说，这是我送给你的。留个纪念。

　　唐丽把金戒指一个个在手指上试戴着，边戴边调侃说，花光了你所有的私房钱吧。老康显然是被说中了，他叹了口气，不再说话。

　　唐丽又说，你是不是觉得，我们这样就两清了？

　　老康仍然没有说话。他有些累了，沮丧地坐在椅子上，将两只脚最大限度地伸展，看上去他就像是一件被胡乱扔在椅子上的衣服。唐丽把金戒指吊在了电灯开关的拉线上，一下一下用手拨弄着说，放心，我会收下的，我还你一个心理的安宁。老康，你老了，你真可怜，你真自私，你真渺小，你只不过是一个蹩脚的老流氓。

　　唐丽拉了一下开关拉线上的金戒指。灯熄了，唐丽分明地看到椅子上疲软的老康，被黑暗一下子吞吃。唐丽想，让老康消失吧。

一九八三年某个初夏的夜晚，如果是电影里的一个黑场的话，那么唐丽就这样想，老康从这个黑场以后开始正式退场。

每一个生活在小县城的人，都会深陷在小县城灰亮的光线中。我们可以看到那些不高的楼房，楼顶或许有鸽群出没。尘土飞扬，交通很乱，参差的广告牌不规则地在墙上展示。一条浦阳江把暨阳县城一分为二，一座桥又像一个搭襻一样把两块县城搭在一起，好像血脉因此而相连。警车上蜂鸣器的声音，就在这样的一座县城上空回荡着。一九八三年夏天，是一个严打的夏天。

有个学琴的女孩举报，说老康是个流氓。我们不能再考证到底是谁指使，或者到底是怎么回事。总之公安开始收集证据，他们还找到了唐丽。唐丽在宿舍里侍弄一盆花草，那是一盆很难养活的文竹。唐丽说，我不认识他，你们别找我。

唐丽的口气反而激起了公安的兴趣。公安有两个，都很年轻，上嘴唇挂着一抹胡子。公安说，你怎么不认识他？我们听说你和他关系密切。

唐丽冷笑了一声说，这个老流氓，我懒得提他。

从此，唐丽再也不提老康。但是她没有想到的是，老康竟然被逮走了。那时候她去打开水，秋风已经让这个小县城不再燥热，它们齐刷刷地掠过了文化馆的上空。唐丽从开水房打了开水回办公室，董小培红着眼睛拦住了她说，老康死了。唐丽的脑子里就哗地涌进了好多水，她一下子想起了她在开水房碰到老康时的情景。老康的热水瓶底漏了，瓶胆掉在地上碎裂，在巨响声中，唐丽只看到一团热气。

唐丽面无表情地噢了一声，她慢慢走到了办公室，把热水瓶放下，若有所思的样子。好久以后，她才像突然想起什么似的冲了出去，董小培还站在原地，仿佛知道唐丽会重新回来似的。唐丽说，你刚才说什么？

董小培说，老康死了，死在狱中，原因不明。

唐丽望着院子里的美人蕉。那美人蕉仿佛在秋风中长大了，那顶上的一抹猩红，很像是一片飞扬的鲜血。唐丽的胃一下子痛了起来，泛起许多酸水。她站在美人蕉的旁边，一动不动地站了整整一个下午。

6

　　唐丽骑着自行车，在秋风里穿行。她穿过了太平桥，然后在光明路停了下来。她和自行车并排站着，像两棵不会动的树。它们在等待，等着小崔的出现。小崔带着康曼莉果然就出现了，出现的时候已经是黄昏。唐丽看到不远处一排矮屋的檐角上分明挂着血红的太阳，远处江中传来轮船汽笛的鸣叫。唐丽慢慢地弯下腰去，她向小崔鞠躬赔罪。

　　康曼莉紧紧地挽着小崔的手，她们的脸上浮着平淡的微笑，不急不缓地从唐丽身边走过。她们不恨唐丽，也不理唐丽。她们很快就走过去了，只留给唐丽两个镀着夕阳的背影。唐丽的心里更加难过，这时候她突然明白，人生之中有时候许多错，是不能预知的。有许多事，是因为对而错。而她是在错的时间遇上了对的老康。

　　唐丽经常出现在音乐室里。她蜷坐在地上，像一个毫无生机的老妇，捧着金丝绒哭。这样的日子，让她的神思恍惚起来。馆长在退休以前找唐丽谈了一次话，他给唐丽泡茶，却什么也没有说。唐丽也没有说话的心情，坐了半天以后她觉得很无趣，所以站起来有气无力地说，馆长要是没事我就先走了。

临走前唐丽说，谢谢你馆长。

馆长消失了。他消失得很彻底，自从退休以后，他坚决不再来文化馆，倒是经常出现在江边。他有时候会像一只闲散的鸭子一样缓慢地散步，有时候也打太极拳。见到唐丽的时候他总是很不热情地打个招呼，这样的时候往往身穿练功服，肩背长剑，像一个从古代风尘仆仆赶来的侠客。唐丽知道馆长已经劝过她了，唐丽也知道，这个人的心里，一定藏着千山万水。

但是唐丽仍然不能轻易地从阴影里走出来。她最喜欢去的地方仍然是音乐室。因为老康的离去，这间办公室还没有换主人。当唐丽再次捧着金丝绒流泪的时候，一个瘦弱的身影晃动着从门口的光影里走了进来。门又轻轻地掩上了，一双长腿走到了靠墙蹲坐在金丝绒边上的唐丽身边。他也蹲下身来，唐丽可以看到他干净的长发。他递给唐丽一块手帕，唐丽没有去接，而是扭过头去，眼泪却仍然无声地滑落。她的眼睛已经肿胀了，令她搞不懂的是，为什么眼睛里的泪水是流不完的。

他只能轻轻地替唐丽擦泪水。这是一个温情的动作，缓慢，轻柔，唐丽却突然从流泪变为了哭泣。他吓了一跳，站直了身子。唐丽就一把抱住他的腿哭，边哭边狠命地咬向了他的大腿。他强忍着痛，说你咬吧，你能不能再咬一口？于是又咬了一口，唐丽一边咬一边拍打着他的大腿说，董小培你为什么要这样？

诗人董小培出现在唐丽的生活中。他答应了唐丽，听唐丽倾诉。唐丽想要找一个地方倾诉，肯定不是树洞或者河流，也不是枕头或者柜子。他们的倾诉与倾听，显得有些正式。在音乐室里，董小培泡了两杯茶，和唐丽面对面坐好。他泡茶的意思是，想要长时间地倾听。但是连续几天，唐丽却什么也没有说出来。倒是在最后一天，董小培说，生活就是大海。

唐丽这时候才有些百感交集。她扑进了董小培的怀里，急急地问，这是什么意思？这句话是什么意思？

董小培说，就算平静，也涌动着暗流。

7

诗人董小培开始和唐丽进行诗意的恋爱。他经常带着唐丽去小乐园吃小笼包，有时候甚至是一日三餐，把唐丽的嘴吃得寡淡无味。也有时候，唐丽买来白菜、猪肝和面条，给董小培煮猪肝面吃，因为董小培喜欢吃猪肝面。他们的恋爱简单而贫穷。在董小培小屋的墙上，贴满了他写给唐丽的情诗。风一吹，那些情诗就争先恐后地哗哗响了起来。这是一位愿意为诗歌而献出生命的年轻人，他告诉唐丽，如果没有你和诗歌，世界将不是世界，大海也只是小溪。他说，清贫才能让一名诗人，永远保持着不变的诗性。

有一次在床上做爱，董小培突然停了下来，在唐丽的耳边轻声说，我想到了一首诗。唐丽在董小培屁股上拍了一下，示意他继续。他果然就继续了，但是没有几下，他又停了下来说，不，我必须告诉你。这首诗只有三句，题目是《我相信》。我相信，你就是我/假如我没有了生命/请你继续为我活下去……

在奔涌而下的热泪中，唐丽想，就是他了，就是他了，就是他了。唐丽想，平静地生活吧，然后老去，死掉，和董小培一起葬到小城北边的县龙山那向阳的地方去。

一年以后董小培和唐丽商量结婚。婚房是文化馆给的一间四十平米的大屋子，卫生间和厨房是外间公用的。高大的窗子，吊扇高高挂起，在微风中轻轻地自动旋转。这幢房子坐落在城北地带，紧临着一条铁路，背靠着高大青郁的县龙山。唐丽喜欢趴在后窗，看楼下梧桐宽大的树叶。透过树叶的间隙，还可以看到晒太阳流口水的老头，和眼神狡猾的老太太，以及跳房子玩的小孩。不远的城北小学，有时候会在下课铃响过以后传来嘈杂的声音。唐丽还喜欢看一趟又一趟的火车，以一成不变的姿势奔跑在浙赣线上。

新房里的窗帘和沙发，唐丽都选了金丝绒面料。她把自己窝在沙发上吃东西，光着脚，小巧而可人的样子。董小培的心里却咯噔了一下，他眯起眼睛，像是对太阳光有感应一般，眯眼看了一会儿金丝绒的窗帘和沙发面罩。唐丽问，窗帘好看吗？董小培什么也没有说，他只是很普通地笑了一下。

　　唐丽正式嫁给董小培的时候，是在这一年的深秋。结婚的队伍经过光明路，然后再走过太平桥，穿过解放路，抵达县龙山脚下的城北地带。光明路两边，站着一排排的梧桐，有些宽大的黄色的叶片，会在爆竹声的震落中像蝴蝶一般飞落。唐丽在两位伴娘的搀扶下走过光明路，这时候她看到了小崔和她的女儿康曼莉。唐丽不知道康曼莉已经改名了，改为崔曼莉。小崔和崔曼莉表情木然，她们仿佛不会眨眼，目光是笔直的，投在唐丽和唐丽的喜庆队伍中。前来接人的新郎董小培穿着藏青色西装，他的身子缩在西装里，显得更加瘦小了。或许是因为队伍的缓慢，让他有些不耐烦。他焦躁地点起了一根烟，又亲自放了一排鞭炮。他在那些巨大的响声里感到了兴奋。唐丽却仍然难过，走出去好远的时候还回过头去看小崔和崔曼莉。她们仍然呆呆地站着，像两个服装店里摆放的假人一般，在这个普通的深秋里仿佛要把什么东西给望穿。唐丽的胃又开始痛起来，泛起阵阵酸水。那梧桐树的树枝上，却还挂着一些炮仗的红色碎屑和经久缠绕的声音。

　　结婚后，唐丽想要一个孩子，所以在墙上贴满了婴儿的照片。但是他们一直都怀不上。唐丽一直珍藏着董小培曾经给她擦过眼泪的手帕，她希望董小培有一天能成为像李白一样有名的诗人。董小培也会兴致勃勃地去参加一些诗会，并且即兴朗诵。他倒没有把生孩子当成一回事。但是在第二年的时候，他突然感到了不对劲，他想要一个孩子了。他说，不孝有三，无后为大。

董小培和唐丽一起去医院检查。医生看看董小培又看看唐丽，明确地告诉他们，因为唐丽曾经流产，手术做得不是很好，子宫壁很薄，所以胚胎着床很困难。唐丽急切地问，能治吗？医生说，能治，但是很难。医生说这些的时候，董小培什么也没有说，他把脸仰了起来，为的是不让眼窝里的泪水掉下来。他很知道，他可以不爱其他的，但是他不能不爱诗歌和孩子。

董小培回家后，就经常呆呆地望着墙上的婴儿照片发呆。唐丽知道董小培难过，走过去抱住董小培的头，像安抚小孩一样，轻轻地抚摸着董小培的头发。但是令唐丽感到绝望的是，有天董小培把墙上的婴儿照片全撕了，地上全是彩色的纸片。而金丝绒的窗帘，已经卸下胡乱地扔在地上。金丝绒沙发面罩，也被卸了下来。董小培四脚叉开，躺在地上，木然地望着天花板。唐丽顺着董小培的目光往上看，看到的是结婚的时候粘在天花板上的彩色丝带，因为懒惰而一直没有解下来。除此之外，就是在微风中自动旋转着的大叶片吊扇。这时候，唐丽觉得，生活像地上扔着的一堆金丝绒一般，仍然凌乱不堪。

8

董小培其实是喜欢站在露台上看县城的景色的。他总是站在临江的海浪歌舞厅顶楼露台，看不远的一条并不宽阔的浦阳江。有些时候，江面上会像叶片一样漂过一艘小巧的机械船，船上装载着黄沙、煤炭或者化肥。风把董小培的长发扬起，八年过去了，他仍然瘦弱无比。他的眸子里深藏着诗人才会有的忧郁。在空旷而多风的露台上，董小培往往一站就是半天。他是海浪文化传播有限公司的老总，离开文化馆的同时，也离开了诗歌。一切都离他远去了，所以他认为他是孤独的，只有酒陪伴着他。在他黑暗的海浪歌舞厅的小办公室里，藏着很多酒。他把自己大部分的时间都泡在了酒里。

董小培有了很多的钱，但是他不快乐。他和唐丽不会争吵，有时候会一起吃饭，聊很少的话题，比如说最近化肥厂的厂花，爬上最高的烟囱跳了下来。你知道那是什么吗？董小培喝一口酒这样问唐丽。唐丽摇摇头。

那是一朵盛开的花。董小培竟然推开了酒杯，用手夸张地形容着那厂花落地的形状。唐丽的眼前就浮起了一朵鲜红的花，在大地上凄艳地盛开。她呆呆地望着董小培，这八年，董小培对她不好也不坏。他好像比以前风光了，但是，他们从来没有深深地交谈过。好多时候，董小培只会发呆，唐丽知道一个诗人大概正在疼痛。董小培经常喝醉，喝醉了由人送回来，不过董小培从不打扰她，不会和她同床，用满身酒气去惊扰她。董小培只会睡在小房间的床上，手脚张开，俯卧，然后咬着枕头低低地哭泣。

有一天唐丽推开家门的时候，闻到了一股焦味。然后她冲进了房间，看到蹲在地上的董小培，正在焚烧着那本手写的诗集。诗集呈焦黄状，有一半已经被卷起了边。那些松脆而焦黄的烧过的纸片，毫无生机地像老年人的脸容。唐丽推开了董小培，她用她的平跟皮鞋把跳跃的火苗踩灭。唐丽说，你要是把这诗稿也烧了，你就再也不是董小培了。

我从来就没有做过董小培。董小培盯着唐丽看，我什么也没有，我穷得只有钱你知不知道？

唐丽把那本诗集捧在手里。诗集仍然有着火的温度，她把诗集贴在了胸前，并且知道了她曾经的一个梦想不可能再实现，那就是让董小培至少成为暨阳县城的李白。她看到蹲着的董小培一屁股坐在了地板上，双脚飞快地蹬着，很快就到了屋角。他像一个怕事的孩子，紧紧地抱着自己，蜷缩着屋的角落里。唐丽走到了董小培的面前，也坐了下去。唐丽盯着董小培看，好久以后她才轻声地说，小培，我们是个错误。

唐丽有一天在自己家的床上看到了崔曼莉。唐丽打开门，走进了卧室，她看到窗口投进的光影，线条很好地投在崔曼莉的裸身上。崔曼莉光着身子坐在床沿，一边抽烟一边不停地晃荡着双脚。她看到了唐丽，所以她抛过来一个挑衅的眼神。床上的一张薄毯，盖在半裸的董小培身上。董小培发出了巨大的呼噜声，看样子他已经烂醉如泥。

唐丽起先不认识崔曼莉。她为自己的冷静感到吃惊，她说，你是谁？

崔曼莉说，我们是故人了。

唐丽才发现这人脸熟。八年过去了，昔日的高中生已经成长为女人。唐丽在崔曼莉的脸上，看到了老康的影子。崔曼莉仍然抽烟，最后她把烟蒂扔在地上，然后探出去一只光脚，大脚趾踩在了烟蒂上。唐丽看到崔曼莉像是感觉不到疼痛，皮肉烧焦的气息很快地传了过来。崔曼莉笑了，她慢慢地收起线条柔美的长腿，开始慢条斯理地穿衣服。

崔曼莉经过唐丽身边的时候，唐丽仍然发着呆。崔曼莉说，借光，我要回去，我妈等我吃饭呢。

崔曼莉走了出去，门合上了，发出很响的声音。在这样的声音里，唐丽才醒过神来，她突然觉得这像一场梦，又觉得这一切好像是命中注定。

董小培从此不再在家里住，他一直在避开唐丽。而唐丽并没有找董小培闹，她始终认为董小培和崔曼莉之间，怎么可能会有感情。她知道自己的婚姻，像一段枯去的木头，想要抽出嫩芽来简直是一个奇迹。但是她仍然买来白菜、猪肝和面条，给董小培做猪肝面吃。她知道董小培喜欢吃猪肝面，而董小培却一直不愿意回来吃。

　　唐丽上路了，用塑料饭盒装了猪肝面。她去海浪歌舞厅找董小培。那时候是中午，舞厅里没有舞客。董小培正躺在歌舞厅的沙发上睡觉，空气中弥漫着烟臭和脂粉混杂的气息。一个舞女坐在一边抽烟，不停地把烟灰弹在地上。门口突然亮了，那是因为门被推开，在光影之中，站着手捧塑料饭盒的唐丽。唐丽的眼睛不适应黑漆漆的世界，等到她能看清一切的时候，是董小培正搂着舞女接吻，而且夸张的接吻声吱吱有声。舞女不知道董小培为什么突然搂住了她，她挣扎了一下，很快就很投入地和她的老板吻起来。唐丽慢慢地蹲下了身，她把那饭盒小心翼翼地放在了地上，然后转身离开。

　　唐丽一离开，董小培马上推开了舞女。舞女说，你怎么啦？董总，你怎么啦？

　　董总说，滚你妈个×。

　　舞女说，董总，你说脏话。

　　董总说，妈×的，老子比脏话还脏。

　　舞女生气了，扭着屁股气咻咻地往黑暗更黑处走去。

　　董小培坐在沙发上，他开始玩着打火机，那是一只温州产的虎牌打火机。他一直很喜欢，认为打火机和打虎机谐音，对一个抽烟爱好者来说这是多么美妙的一件事。董小培后来开始掏出纸币烧着玩，他烧得很兴奋，但是纸币冒出的烟却让他流下了眼泪。

这是一个空旷而寂寞的午后。董小培走到那塑料饭盒前，坐了下来，坐在地板上。唐丽忘了给他拿筷子，所以董小培坐下来以后，用手抓着面条吃。他吃得津津有味，眼泪却再也没有忍住，掉进了饭盒里。他吃着猪肝面的时候，想起了他和唐丽之间的热恋。那时候他血气方刚，他不能容忍之前他看到一群女人看唐丽的好看。唐丽那么美，那是一种新安江之美，那是一种山与水合成的美。他后来爱上了唐丽，像勇士一样承担所有的责任。但是……但是后来他发现他一直被一种奇怪的东西折磨着。

崔曼莉出现在舞厅。她晃动着穿着牛仔裤的长腿走到董小培跟前，认真地看着董小培吃面条。董小培吃完了面条，把塑料饭盒抛向了天花板。董小培说，你一定觉得我是神经病吧？

崔曼莉摇了摇头。

那你一定觉得我很脏。

崔曼莉还是摇了摇头。崔曼莉说，我要走了。

你要去哪儿?

我要去加拿大读书。那天我是故意的,我算好了时间,故意让唐丽看到。

董小培说,我知道。

崔曼莉伸出手去,轻轻地抚摸着董小培的下巴。下巴上密密匝匝地生长着生机勃勃的胡子。董小培轻声说,我知道你是故意的,我也是。他的声音很温柔。

崔曼莉说,小培,我好像真的有些喜欢你了。你真不该下海。诗人下海,是一个笑话。

董小培说,人生本来就是一个最大的笑话。

这个漫长而充满混浊空气的下午,两个人在细声细气地说话。然后,崔曼莉的身子在门口的光影之中一晃,就不见了。董小培仿佛能听到一架飞机凌空时发出的巨大的声音。这个下午,唐丽仔细而认真地收拾着行装。董小培是半个月以后才回到家的,回到家的时候,看到唐丽和她的衣服不见了。一起不见的,还有唐丽一直放在柜子底部的金丝绒窗帘和沙发面罩。这个时候,唐丽已经在长弄堂的出租房里生活了十五天了。

9

唐丽认为秋天是一个疼痛的季节。无数个夜晚，她感到了左腿部传来的疼痛。直到有一天，她在替少年宫的少先队员们排舞的时候，被膝盖传来的疼痛击倒在地上。唐丽后来选择一个清晨，去了人民医院，在骨伤科的门诊办公室，医生望着检查单希望她的家人能陪她一起来。

我没有家人。唐丽微笑着说，她知道自己碰到了重大的问题。我就是我的家人。唐丽补了一句。

医生盯着她看，许久都没有说话。这时候门口晃进来一个中年女人，女人拿起了诊断单子，她是人民医院的业务副院长小崔。这是一场八年以后的见面，小崔显然认出了唐丽，就是这个年轻美丽而又气盛的女人，和她在太平间里有过爱情争夺的战争。

小崔晃了一下单子，盯着唐丽的脸说，你能受得了吗?

唐丽点了点头说，你知道的，我早就死过一次。再死一次，无所谓。

小崔说，骨癌。最好的方法，只能截肢。

在这个一眨眼就能过去的清晨，小崔在巡查的骨伤科办公室里向唐丽表示，她是骨伤科最好的医生，她愿意为唐丽动手术。小崔好像忘记了曾经和唐丽之间的恩怨，她说得很诚恳，像负责的医生，也像是在为医院招揽病人。

必须截吗？唐丽问。

小崔点点头，必须截。

中午的时候，唐丽走出了人民医院的大门。她知道自己的生命受到了威胁。这时候，她觉得好像应该和谁告别一下，她没有孩子，只有父母。于是她去了新安江，见到了父母。父母对她不热情，也不冷淡，在很多的时候，他们坐在凳子上一言不发。他们知道唐丽的婚姻，但是不知道唐丽的现状。他们知道的是，唐丽曾经和老康好过，然后嫁给了董小培。现在董小培发达了，但是唐丽的脸上却没有任何幸福的感觉。

唐丽认为这是一场失败的亲情，这样的生疏令她的心情难过。回到暨阳县城后，在文化馆四楼的排练厅里，唐丽认真地为自己跳了一支舞。唐丽想，这可能是最后一支舞了。她放起了音乐，许多同事都涌到了门口，她们知道唐丽患了骨癌，这里面有许多曾经看过唐丽好看的女人，曾经被董小培吼过的女人。她们的眼光中充满了没有含金量的同情，她们说，啧啧啧。而唐丽根本就无视这些人的存在，她跳得很专注，最后一个动作是跪倒在地，她跪了下去。她突然明白，人生就是一场长长的跪。

唐丽后来收拾行装去了富阳。富阳骨伤医院在全省都有名气，她在那儿入住，接受检查。她不想让小崔主刀，让小崔把她生命的一部分生生地切下来。她认为自己爱上老康是命，自己在小崔的手中查出骨癌也是命。但是现在，她要逃离命，她要让别的医生来为她动手术。

唐丽的手术动得很顺利。她从麻醉中醒来的时候，觉得左腿膝盖以下是空荡荡的。她本来认为自己应该哭一场，一个舞蹈老师丢掉了腿，就等于一头老虎丢掉了牙齿和爪子，或者说孔雀掉光了羽毛。但是她没有哭，她看到了一堆阳光挤在她的床上，她就举起拳头砸下去，砸在那没有腿的地方。她一下一下地砸着，她不知道的是，在病房的窗外，站着安静的小崔。小崔把手插在白大褂的口袋里，望着唐丽的模样。唐丽的手术是她主刀的，她是省内有名的骨伤科专家，经常性地要被抽调到外地动手术，特别是富阳这个以骨伤闻名的城市。

本来，她可以不来，她也不知道唐丽已经逃到了富阳。是董小培找到了她，董小培双手插在牛仔裤袋里，像很怕冷的样子，顶着一头长发走进了她的办公室。董小培说，你是崔院长吧。

小崔说，你找我什么事？

董小培说，你一定知道唐丽，她得了骨癌。我想请你为她动手术。

董小培在小崔的办公室里待的时间并不长，他走的时候退到了门边，一言不发地深深弯下腰去。抬起头来的时候，微笑着说，谢谢。

然后，小崔就出发了。小崔认为自己偷偷顶替别的大夫为唐丽做手术，在九十年代的某一天，也应该被算成是一场阴谋。而唐丽，一直是不知道的，唐丽认为有些命中注定的事，也是可以逃过的。

10

唐丽拄着拐杖去了小崔家。小崔有新房子，但是她没有搬，她一直一个人生活着。她就生活在光明路。唐丽敲了敲小崔家的门，门开了，小崔对唐丽少了一条腿一点也没有感到奇怪，而是说，合适的时候，你应该去装一只假肢。进口的，质量好些。

唐丽笑了，说，你觉得我会去装吗？

小崔说，别人能装的东西，你当然也能装。

唐丽说，可是我不是别人。我不能把假的腿装在我的身上。我拒绝一切虚假。

唐丽在小崔家里看到了一张扑倒在柜子上的遗像。那是一个手掌大小的镶着黑纱的镜框。唐丽把镜框扶了起来，她以为是老康的遗像，但是没想到却是唐丽的黑白照片。唐丽显然有些惊讶，捧着遗像说不出话来。小崔为唐丽泡了一杯茶，说，坐下来。

于是唐丽就坐下了。小崔说，是曼莉这样做的，希望你能理解。小崔这样说着的时候，唐丽的耳畔就响起了子弹出膛的呼啸声。一九八三年警车的声音再一次响起，唐丽不由得狠狠地闭了一下眼睛。她手里的镜框跌落在地上，玻璃碎了一地。为了捡拾镜框，她的手指被碎玻璃划破了。一些玻璃的细小碎片，甚至像长在她手指上一样，深入她皮肉的深处。但是她没有觉得疼痛，她用另一只手把那些玻璃屑往皮肉的更深处按。小崔说，别这样，唐丽。她抢过了唐丽的手，找出医用镊子细心地为她夹手指上的碎屑，并且细心地包扎，看上去多么像一个温暖的亲人。唐丽这时候的鼻子酸了起来，她认为在新安江的父母，远没有小崔来得亲。她很想叫小崔姐姐。小崔说，傻，你真傻。有什么事情，可以让你跟自己过不去。

　　唐丽知道了崔曼莉对自己的恨，但是，她却不由自主地喜欢起了小崔。她经常去小崔家，有时候她给小崔做拿手的猪肝面吃，有时候小崔从医院食堂带来蛋糕和她分着吃。这是两个孤独的受过不同伤的女人，她们的日子反而变得快乐而充满温情。有好些时候，这间小小的屋子里，传出了笑声。笑声是什么？笑声的意思，就是生机。有些时候，唐丽在小崔的屋子里拉手风琴，那些破碎的音符从屋子里钻出来，被光明路上的风一吹，四处飘散。有时候，唐丽还边拉边唱，唐丽唱的仍然是《喀秋莎》。在略显荒凉却又有些广袤的县城，《喀秋莎》的音乐多少显得有些陈旧和沧桑。无数自行车的铃声，混合在这样的音乐里。阳光四处飞溅，像电焊工人操作时焊枪喷出的火花。这样的日子，唐丽一直眯着眼，她睁不开眼，她活在一种简单的快乐里。直到有一天，唐丽在小崔家发现自己的遗像不见了。

去哪儿了？照片呢？唐丽这样问着。小崔笑了，递过一本影集。影集里是小崔一个人的照片，但是在最后一页，一共有两张照片，是唐丽和小崔并排着的照片。就在这一天，唐丽正式住进了小崔家。

在秋天来临以前，唐丽在太平桥上碰到了董小培。那时候董小培走路的姿势依然潇洒，他走路的姿势让唐丽想起了一部电视剧。他们在桥上偶遇，董小培说我请你吃小笼包吧，我很久没有去小乐园吃小笼包了。唐丽却说，你等等，我好像想起了一部电视剧。

唐丽一直没有想起电视剧，她盯着董小培笑容纯正的脸看了很久。董小培说，我能不能背你去小乐园？唐丽想都没想就答应了。她截肢了，相反却胖了不少。董小培背着唐丽，走过了太平桥。董小培说，我好像没有背过你，现在背你一下，算是补偿吧。唐丽说，补偿什么呢，多年夫妻成兄弟。

这句话让董小培有了太多的感慨。董小培说，我们还没离婚吧，要不要去把这事儿办了？唐丽说，你觉得想办，就去办。你觉得不想办，不办也行。除非你马上要结婚了。董小培的步子突然慢了下来，像是在思考着什么。后来他轻声说，我不会再结婚了。

在小乐园，他们一人吃了一屉小笼包子。小乐园的小笼一向是有名的，所以，听着身边嘈杂的人声，让他们想起了年轻时候的爱情。唐丽突然说，我想起来了。董小培说你想起什么了。唐丽说，我想起那部电视剧了，叫《过把瘾》。你长得很像里面的方言，连走路也像，连发型也像。

董小培说，你别咒我。那里面的方言，可是得了重症肌无力，最后死了。

唐丽说，我死过两次，我不怕死。如果有一天你要死，让我替你去死。所以，你再请我吃一屉小笼吧。

小笼又端来了一屉。两个人在初秋来临前的这场偶遇，让唐丽把什么都看穿也看破了。她的另一个收获是，在回去的路上，她捡到了一只流浪猫。这是一只瘦弱而温顺的猫，它不叫，只是盯着唐丽看。唐丽心疼得不行，笨拙地弯下腰把小猫抱在了怀里。她捧着小猫回家，给小猫取名金丝绒。

董小培死在半个月以后，死得很突然。董小培是在去钓鱼的时候，淹死在一条小水沟里的。所有的人都不愿相信，那条只有一米宽，只有一尺深的水沟，可以把尽管瘦但至少也有一米七几的董小培给淹死。但是董小培确确实实被淹死了，警察调查的结论也是意外死亡。警察在董小培的衣服里找到了一个皮夹，警察在办公室里把皮夹放在唐丽面前，唐丽打开皮夹，看到了她年轻时候的照片。这张照片，董小培差不多藏了十年。唐丽没有哭，她不会哭了，她会难过但是她不哭。她对着皮夹轻声说，谢谢你。

董小培是三天以后火化的。因为唐丽其实并没有和董小培离婚，所以，她仍然是董小培的妻子。小崔帮她料理后事，小崔的同事也来了，文化馆也来了一拨人。新馆长是个肥头大耳的家伙，据说是一个研究蚕桑的博士生。他挥了一下肥厚的手掌说，唐丽，你仍然是我们馆里的人，有事你就说话。

唐丽无数次地去墓地。她总是一个人偷偷去的，挂着拐杖，在董小培的墓前一坐就是半天。董小培被做成了瓷像，所以他总是一成不变地对着唐丽盛开瓷质的笑容。一个下雨天，唐丽撑着雨伞又站在了董小培的墓前。唐丽把她藏起来的被董小培烧过的半本诗集，在墓地前烧了。因为腿脚不便，又因为下着雨，她划了几次火柴都没有把诗集烧起来。她选择的不是打火机，而是火柴，那是因为她认为烧诗集，是应该用火柴的。因为诗歌和火柴一样原始。她终于点着了诗集，并且用雨伞挡住了那些微的火光。那堆灰很快就被雨淋湿了，湿成一团。然后唐丽站起来，她很有朗诵的欲望。她说，小培，我来为你朗诵一首诗，那是我们在做爱时，你念给我听的。我必须告诉你，这首诗只有三句，题目是《我相信》。我相信，你就是我/假如我没有了生命/请你继续为我活下去……

　　唐丽转过头去的时候，看到不远处不知何时出现的小崔。小崔撑着雨伞，她的眼泪已经把脸给打湿了。小崔说，唐丽，你知不知道，为你在富阳动手术的是我？是小培来邀请我的。唐丽点了点头，说，我有这感觉，但是我不想问你。小崔大声地说，唐丽，董小培在下面说，要让你装上假肢。唐丽一下子流出了眼泪，拼命地点着头。

11

一切都平静下来了。唐丽装上了假肢，开始练习用假肢走路。文化馆人员满荷，唐丽也不想去上址，所以她的任务就是待在家里为小崔做饭，当然有时候也拉拉手风琴。有一天，她正拉琴的时候，门口出现了一个陌生的女人。女人怀里抱着一个黑人孩子，黑人孩子把手伸在嘴里，不停地吐着泡泡。女人看了唐丽一会儿，什么话也不说，走了进来，把拉杆箱放下了。

女人说，我妈呢？

这时候唐丽才认出，这就是出了国的崔曼莉。现在，崔曼莉回来了。她好像对唐丽的存在一点也不介意，好像她本来就应该是生活在她们家里一样。

这天晚上，三个人吃的是唐丽做的猪肝面。可以看出崔曼莉的生活过得有些潦草，她的头发蓬乱着，不停地说她在加拿大一些不顺心的事。她说孩子的父亲是一个跳伞爱好者，有一次从一百层高的高楼上往下跳，却没有把伞打开。崔曼莉没有提到死亡，但在唐丽的眼前，仍然浮起了一个黑色的男人被鲜血包围的情景，在那样的情景里，黑色的男人会摔成一张薄饼。

唐丽把那黑色的孩子抱在了怀里，把脸贴在孩子的脸上。孩子散发着好闻的奶味，她的皮肤像金丝绒一般润滑。崔曼莉说，妈，我没告诉你生了孩子，你不恨我吧？小崔笑了，说，那是你的事。崔曼莉说，孩子的父亲，他是有老婆的。小崔说，那也是你的事。崔曼莉觉得很无趣，想不出合适的话题，最后她对抱着孩子的唐丽说，我记得你好像跳舞跳得很好。

崔曼莉像是忘了对唐丽的仇恨似的。她不提父亲老康，也不提其他的任何。她对唐丽有些大大咧咧，总是让唐丽为她的孩子干这干那，比如换尿不湿和泡奶粉。唐丽非常乐意，她起先认为她是喜欢闻小孩身上的奶香。有一次，在给小孩洗澡的时候，小孩的小把戏喷出了一股热尿，喷在唐丽的手背上。唐丽在瞬间被这样的温热击中，幸福得差点颤抖起来。唐丽终于明白，她不是喜欢小孩的奶香，她喜欢的就是她不能再生育的孩子。

崔曼莉去新青年旅行社当了一名导游。她出色的英语让旅行社年轻的老板感到欣喜，所以，崔曼莉的生活也因此变得忙碌起来。唐丽经常想到崔曼莉在高中时代的样子，长着青春痘，扎着马尾巴，额头光洁得闪着亮光，走路虎虎生风。唐丽想，这就是岁月，现在的崔曼莉是一个女人。

唐丽钟爱并且喜欢着黑小孩。她给孩子取名叫珍珠，她本来想取黑珍珠的，但是怕崔曼莉会不高兴。当唐丽试探着问崔曼莉的时候，崔曼莉一边扒饭一边大大咧咧地挥了一下筷子说，随便，珍珠就珍珠。珍珠值钱。于是，黑小孩就成了珍珠。她也喜欢上了唐丽，比喜欢崔曼莉还喜欢。有一天崔曼莉看到珍珠咬着手指对唐丽眉开眼笑，就看看珍珠又看看唐丽，说，唐丽，要不我把珍珠送给你?

在一个秋阳很好的温暖午后。唐丽出现在打金店。她递过去一只金戒指，递到了那个从镇江来的年轻打金匠手里。唐丽的眼前，浮起了蓝色的火焰。她笑了，在她淡得像烟的笑容中，那只金戒指变成了写着珍珠两字的薄薄的金锁片。然后，这金锁片戴在珍珠的胸前。这时候，唐丽想起了老康，想起了十来年前曾经属于她的爱情。

在唐丽的记忆中，那是一幢四层小楼，墙上爬满了英姿勃发的爬山虎。在这密密匝匝被绿意包围着的铅灰色小楼里，有长长的走廊。高大宽敞的屋子，铺着杉木地板。排枪一般的光线从洞孔里直射下来，斑驳迷离地落在油漆剥落的地板上。唐丽无数次地抱着自己的长腿，坐在排练厅的地板上蜷着身子想一个问题，那就是在巨大的苏式建筑面前，自己真小，像一张随时能被风吹起的棒冰纸。

秋日的午后，唐丽抱着珍珠站在文化馆小楼的面前。文化馆已经人去楼空，新搬到了低湖路上的文化艺术中心。旧楼因为旧城改造的原因，就要爆破了。唐丽抱着珍珠，站在警戒线以外的一堆人群中。她突然看到了老馆长，老馆长显得有些精神，这真是一件奇怪的事，他看上去比当年当馆长时气色要好多了。老馆长对她点了点头，没有笑容，让唐丽认为老馆长好像不认识自己似的。这时候她听到了几声沉闷的响声，然后许多的灰尘争先恐后地扬了起来，很像是纪录片里原子弹的爆炸。这个时候她突然想起了文化馆四楼排练厅里的墙镜，那墙镜里照见过她的青春，她也在墙镜上写下，我爱你。她还想起了院中的那棵美人蕉，这棵年龄明显有些大了的美人蕉，被那么多的灰尘和断砖残梁包围，是多么痛苦的一件事。唐丽记得美人蕉的一抹猩红，也记得当初老康打开水的时候，瓶胆摔落地上碎裂时扬起的热气腾腾。现在，这一切都埋葬在灰尘以下了。

　　唐丽听到了广播喇叭里传来的关于旧城改造的最新消息。接着是一段《喀秋莎》的音乐。那音乐像一条空中飞舞的河水，四处流溅着。唐丽认为，那是一种明晃晃的音乐。在音乐声里，珍珠把黑色的小手从嘴巴里拔出来，用鼻孔吹了几个鼻涕泡泡以后，竟然对着唐丽叫出了第一声妈妈。唐丽笑了，笑中流下眼泪，她把脸紧紧贴在珍珠那金丝绒一般润滑的脸上。

遍 地 姻 缘

1

秋天的风从很远的地方奔了过来，它们经过丹桂房的一棵泡桐树的时候，看到了泡桐树下躺在躺椅上正抽着烟的老凤仙。这是一棵老去的泡桐，它臃肿且没有力感的身体，像一个业已中风的老人站在院子里。老凤仙就在阵阵咳嗽中抽着一杆烟，那烟杆已经被她拿捏得油光锃亮了。这时候，一片巨大如手掌的叶片，飘落下来落在老凤仙核桃壳一样的脸皮上。老凤仙没有伸手去拿掉那枚叶片，而是躲在叶片下面咯咯咯笑个不停。她花白的头发，像一团银线一样，在仿佛受了潮的阳光底下，一闪一闪。很像大海的波光。

银子就是在她的笑声中出现在院门口的。她咣当地撞开了院门，然后把身体倚在门框上，大口大口地喘气。老凤仙在瞬间就止住了笑声，她一把拿掉了盖在脸上的那枚黄色泡桐叶，坐直身子盯着仍在不停喘气的银子。老凤仙总觉得银子喘气的样子，很像电影里的镜头，她倚在门边，大概是要告诉乡亲们一个消息，鬼子来了。老凤仙张了张嘴，很想说什么，但是她没有说出来，最后银子看到的只是老凤仙空洞的嘴而已。那是一张掉了很多牙齿的嘴，银子总觉得那是一个无比滑稽而且可怕的黑洞。

银子慢慢平静了下来。她用一只手抓住了一条垂在胸前的长辫和老凤仙说话，看上去，她是怕那一条辫子会突然飞走。银子说，老曲有一个老婆，叫李芬芳。

老凤仙猛吸了一口烟，她往烟杆里填烟叶的时候，烟雾很快就把她罩了起来。她的喉咙翻滚着，滚出一口浓痰，落在了很远的地方。老曲有一个老婆怎么啦，李芬芳又怎么啦？老凤仙的声音穿透了烟雾，落在银子的面前。

李芬芳要开一个婚介所，这是镇上第一个婚介所。银子说。

婚介所是个什么东西？

婚介所就是婚姻介绍所。

那开婚介所又怎么啦？我儿，你别怕，说白了他们还不跟咱们一样，就是媒婆。

银子走进了屋里，走到了灶台前。她开始切土豆，她把土豆丝切得很匀称，像工艺品。但是她没有停止说话。她的声音从屋里传了出来，落在院子里。这时候老凤仙重又躺在躺椅上，她听到银子说，可是这个李芬芳要给咱们丹桂房的老豇豆做媒，我给老豇豆做了十六年的媒都没有做成，要是被她做成了，我的脸往哪儿搁？你还让我以后做不做媒了？李芬芳这样做，就是在挖我的墙脚。挖我的墙脚，就等于是挖你老凤仙的墙脚。你知不知道，你知不知道，你知不知道？

银子狠狠地说着知不知道，一边把土豆丝切得飞快。她的声音里透着无限的愤怒，仿佛要把李芬芳这个挖了她墙脚的人像土豆一样给剁碎了。听到刀落砧板越来越快的声音，老凤仙狠狠地闭了一下眼睛，她说不好了，绝对不好了。三，二，一。果然在老凤仙数到一的时候，她听到了银子的一声尖叫。

那是一声尖厉的叫声，像玻璃落地一般，清脆短促。银子丢掉了菜刀，她用一只手抓住了自己另一只手的手指，送进嘴里吮吸着。她的手指头被刀子划破了，些微的鲜血滴落下来，血滴盖在那些土豆的尸体身上。院里的老凤仙叹了一口气，她慢慢地坐直了身子，慢慢地从躺椅上站了起来，慢慢地走进了屋里。

老凤仙盯着银子看。银子仍然把手指头塞在嘴里，发出咝咝的声音，像一条蛇在春天行进时发出的兴奋叫声。老凤仙说，拿山来。银子忙把手指头拿了出来。老凤仙探手在灶梁上的小香炉内摸了一把，摸出一把香灰来，一把握住了银子的手指头。不用怕的，马上就好了，这香灰除了癌，什么都能治。老凤仙的嘴巴又张开了，她在笑，她笑起来的时候，脸上所有皱纹像波涛一样涌了起来。银子说，老凤仙，你说我该怎么办？老凤仙说，你还算不算是我女儿？银子说，算，不算白不算。老凤仙猛地拍了一下砧板说，好，你去把王月亮介绍给老豇豆。

那王月亮会不会肯的？银子说。

你不去试一下，你怎么知道不肯的？老凤仙又猛吸了一口烟，她的一双老眼突然睁大了，又突然收拢来，发出很强的光线，把银子吓了一跳。

老凤仙说银子，你不能输给什么婚介所。输给婚介所，你就给我爬出这个院子，滚蛋。

2

丹桂房被秋天整个地笼罩了，一阵秋雨把那些夏天的暑气给浇灭踏碎埋葬，然后秋风吹来，让一些野草枯黄，让一些树叶在天空装模作样地舞蹈一番，然后跌落下来，落在散发出腥味的泥土上。银子手里拿着一个玉米，她啃着玉米，她啃玉米的时候老是想，这些玉米怎么一粒粒长得像牙齿一样。然后银子出现在牛栏，那是被秋雾深深锁住了的牛栏。以前这儿养着许多牛，后来这些牛在分田到户的时候，被村民们瓜分了。剩下的牛栏很寂寞地立在村子的一角。幸好王月亮来了。王月亮来的时候，是一个春天。那天银子要去大竹院，给瞎眼的骆梅芳做媒。那时候地气在阳光下升腾，银子就感觉到自己的身体要被春风拆开了。她不由得感叹起来，这是一个多么适合做媒的好天气啊。当她走过牛栏的时候，闻到了牛粪的气息。牛粪的气息夹杂着青草味，在牛们被一些村民牵走以后，这些牛粪味仍然在牛栏久久回荡。银子看到了王月亮，那时候银子还不知道她就叫王月亮。那时候银子只看到王月亮牵着一个脏孩子的手，他们就站在牛栏门口。一些村民们围住了他们，用很不标准的普通话和王月亮交流。银子只听清王月亮的一句安徽口音的普通话，她说，我们没饭吃了才到这儿来的，我们能在牛栏里住下来吗？

银子的目光像一把刀子一样，在春日的阳光底下一闪一闪。她分明看到王月亮鸟窝一样乱的头发下面，其实有着标致的五官。银子在王月亮身边闪身而过，这个美丽的春日，她不能浪费时间，她必须马不停蹄地为大竹院一个瞎眼的女人说媒。镇上的吉祥瞎子愿意娶她，第一句话银子都已经想好了，那就是：吉祥瞎子有很多钱的。你虽然不一定喜欢钱，但你一定喜欢听他为别人算命，那么多人排起长蛇一样的队来听他算命，你说他算不算一个领导？你一边听算命，一边数钱，一边吃瓜子，一边还可以晒晒太阳，那是比我们亮眼人还要幸福的一件事。你说，你嫁不嫁？

现在，银子在寻找着王月亮。牛栏已经被改造过了，牛粪的气息也已经飘散在岁月的深处，但是现在又有了另一种气息。银子看到了粉尘在阳光下舞蹈，那些旧报纸、旧纸箱、旧牙膏壳、旧电线丝，等等，都集中在一起，像一个集中营一样。它们散发出的是一种旧气味，这种气味很容易就让银子打了几个响亮的喷嚏。银子在喷嚏声中寻找着王月亮，终于在一堆旧报纸后面，她发现了一个硕大的朝天的屁股。王月亮正勾着头整理着地上的一捆报纸。银子很轻地叫了一下，说，月亮，月亮你的好事就要来临了。

王月亮没有理她，但是她还是回头看了银子一眼。王月亮没理她是因为王月亮打死也不相信，会有一种莫名其妙的好事降临到她的头上。银子觉得王月亮对自己太冷淡了，银子就感到很没劲，但是她还是学着王月亮，把屁股对准了天，埋下头整理着地上的旧报纸。银子认识的字并不多，不过她还是能把报纸上的文字读下来。这比老凤仙要好多了，老凤仙一个字也不认识。在生产队的那会儿，每到要分谷子签名字，老凤仙就在签名栏上画一只凤凰。但是队长说那根本不像凤凰，那最多像一只鸡。为此老凤仙苦练了一个月画凤凰，她还专门让一个小学生去认，说，这像鸡吗？小学生说不像，一点也不像。老凤仙就很高兴。小学生后来告诉她，说图画上那玩意儿像村长家养的鸽子。

这是一个平淡而温暖的下午，银子一直在边整理报纸边看报上的新闻。银子不停地和王月亮说着话，她说你看这个人为了抢一块钱而去杀人了，真不值，要抢的话，怎么着也该去抢一万块。银子说你看这肉价又上涨了，城里人都不愿吃肉的时候，我们乡下人却吃不起肉了。银子说月亮月亮你看，这儿说有一个歌星，唱一首《月亮代表我的心》，月亮怎么可以代表他的心？那不是在说你代表他的心吗？要是月亮代表我的心，那什么代表我的胃？难道要用太阳代表吗？银子说你看你看城里的月饼一过中秋就被猪场拉去喂猪了，听说中秋节以前这东西喂人，中秋节以后喂猪。银子还想再说什么的时候，王月亮站了起来。王月亮大概是有些累了，她拍了拍大腿说，银子你找我有什么事吧？

　　银子从一堆旧报纸里把目光艰难地收回，她站起身来的时候眼睛黑了一下，一会儿她终于看清了眼前的人影，那是王月亮似笑非笑地盯着她看。秋风从门口蹿过，像一个顽皮的孩子一样。银子看到了牛栏门口走过去李芬芳，李芬芳身后还跟着长得像海豹一般，头和脚一样粗的八匹马。八匹马的口袋里装满了爆米花，她一边走一边不停地吃着爆米花。八匹马所以被人叫成八匹马，是因为她喜欢喝酒，还喜欢和人划拳。别人划拳第一句是哥俩好呀，但是她不一样，她第一句总是：八匹马呀。

银子望着李芬芳和八匹马的远去，她知道李芬芳肯定是带着八匹马去老豇豆家的。王月亮十岁的傻瓜儿子蛋蛋回来了。蛋蛋走到王月亮的身边，在王月亮的奶子上摸了一把。然后斜着一只大一只小的眼睛问王月亮，月亮，她她她怎么在我们家家家？

王月亮笑了，她看着心爱的蛋蛋流着鼻涕的脸，慈祥地摸了一下蛋蛋的头，说她是来视察我们的破烂的。我们捡破烂最多了，我们简直是整个枫桥镇的破烂王，我们简直是整个诸暨的破烂王。喂，银子，你视察完了吗？

银子从很远的地方扯回了目光。她害怕李芬芳真的说动了八匹马嫁给老豇豆。当秋风再一次打着旋吹乱了银子的头发时，银子脸上堆起了秋阳一般的笑意。银子清了清嗓子说，月亮，我想给你做媒。

王月亮微笑着看着银子，她早就猜到媒婆上门肯定就是这事儿了。王月亮说，蛋蛋，银子要把妈妈嫁给老豇豆，你说行吗？蛋蛋盯着银子看，看了很久以后才说，老豇豆有个屁钱。我们不嫁的。

王月亮笑了，说，银子，我们家蛋蛋说了，老豇豆有个屁钱，我们不嫁的。

银子在这个时候突然感觉到，蛋蛋根本不是一个傻瓜。

3

没有屁钱的老豇豆屈着身子躺在一张破败的床上。那是老豇豆的爷爷在土改时分来的老床。老豇豆一般情况下不动，他要是动一下，那床就吱吱嘎嘎地响起来。现在他就仰卧躺着，把一条腿架在另一条腿上，然后侧过脸来看着站在床前的李芬芳和八匹马。他在抽烟，隔着很薄的烟雾，他看到了从半开着的门涌进来秋天的光线和空气。那略显暗淡的光线，让老豇豆看到的李芬芳和八匹马都脸容模糊。但是他还是看清了八匹马的轮廓。

八匹马的身体一半藏在黑暗里，一半露在光线中。她的手肉嘟嘟的，不停地往挂在胸前的那只布袋子里伸。布袋子里装着山楂片、罗汉豆、一个橘子、一个苹果，以及很多的山薯片。八匹马正在嚼罗汉豆，她把罗汉豆嚼得咯嘣咯嘣地响着。李芬芳的声音从暗处飘了过来，她很亲切地说，豇豆，豇豆你觉得怎么样？

老豇豆眯起了眼睛，他望着八匹马，八匹马就像一只一动不动的面包。老豇豆伸出脏兮兮的手，在八匹马屁股上抓了一把，大笑起来。老豇豆说，他妈的全是肉，他妈的全都是肉。八匹马没说什么，只是笑着往嘴里填东西。李芬芳的声音又从暗处漫了过来，李芬芳说，豇豆，豇豆你一定要给我听好了。

胖有什么不好呢？第一，胖的人皮肤好，不太容易有皱纹，你看看八匹马的脸，简直就像刚蒸好的馒头一样光洁；第二，胖的人不怕冷，冬天的时候可以少穿一件衣服，这也是节约。第三，胖的人就像沙发一样，你睡在上面，那是一张免费的沙发。最最重要的是，胖的人放在家里安全，你说哪一个男人会盯上你那么胖的老婆？

八匹马这时候已经不吃罗汉豆了，她在剥一个橘子吃。她一边吃橘子一边笑眯眯地听着李芬芳说胖的各种好处。当她说到最后一条时，八匹马不笑了，她突然很生气地说，那个叫李才才的家伙，有一天狠狠地摸了一下我的屁股。

李芬芳一下子就愣了。老豇豆嘎嘎嘎地大笑起来，他笑的时候，香烟灰就飘落在他裸露的瘦骨嶙峋的胸部。老豇豆说李芬芳你不用说了，这么胖的人我不要，这么胖的人我怎么养得起。李芬芳就很生气，李芬芳说老豇豆你还想要什么样的。八匹马更加生气，她把最后一小瓣橘子塞进了嘴里，然后一脚踢在床上，差一点把床踢散了架。八匹马说你这个懒汉你以为我不知道，你一天到晚睡在床上，你的自留田里都长满了比你还高比你还胖的荒草，你自己长得像一条老丝瓜，穷得屁钱都没有，你还嫌老娘胖呀。告诉你也不要紧，镇上农机厂那个长得最像金城武的小伙子正在追我呢。

八匹马一把拉起了新开张的枫桥镇芬芳婚介所所长李芬芳的手，她们迈着红色娘子军的步伐，大踏步地走出了老豇豆的屋子。老豇豆一下子被八匹马骂晕了，他看到八匹马走出门去时，猛地关了一下门。门撞在门框上，发出巨大的声音，让老豇豆吓了一跳。屋子里一下子暗了下来，老豇豆的烟蒂掉在了裸露的胸部上，一粒火星烫伤了他，让他痛得像一条被抛上了岸的鱼一样，不停地蹦□着。后来老豇豆看到了胸口的皮肉起了一个泡。他对刚才发生的事还是没有完全回过神来，两个女人出现了，叽叽喳喳说了一通话后，又突然消失了。一下子安静下来，让老豇豆觉得不太舒服。他总觉得有事要发生，他盯着那扇破旧的门看，觉得那门可能会倒下来。那门果然就倒下来了，是被八匹马重重地一摔，摔坏了门轴。门倒下来的时候，光线一下子射进了屋子里，在一声响亮的声音以后，老豇豆只看到扬起的灰尘，像电影里战争的场面一样。

老豇豆在灰尘里，在战争的场面里，发了整整一个下午的呆。他有些后悔没有答应娶那个长得既像沙发又像面包的八匹马。

4

银子回到家的时候，看到老凤仙没有躺在院里的躺椅上，破天荒地坐在了银子的梳妆台前。老凤仙花白的头发梳得齐整，头发丛中居然插着一朵茉莉花。老凤仙扭转头，看到了站在房门口的银子。银子又在啃玉米棒了，银子不知道为什么那么喜欢啃玉米棒。银子看到老凤仙张嘴笑了，再次露出嘴巴里那个缺了很多牙齿的黑洞。

银子一边仔细地吃着玉米，一边说老凤仙我告诉你，王月亮不答应，王月亮说老豇豆有个屁钱。最主要的是我要告诉你，她的儿子蛋蛋，不是个傻蛋，是个只会算进不会算出的精明蛋。老凤仙站起身来，她扭动了老去的腰肢，突然听到了咯咯的骨头声。老凤仙吓了一跳，她想起年轻的时候她去给人做媒，哪怕是几十里地，她都是走着去的。手里拿一把扇子，一扭一扭地行进在阡陌小道上。那时候黄花开遍了，河埠头有零星的船，男人们在地里耕作，万物都在破空生长。看到的人都会说，你们看，那个走起路来像风一样快的女人，就是丹桂房的媒婆凤仙。但是现在不行了，现在凤仙轻轻扭了一下，骨头就发出了咯咯的声音。凤仙叹了一口气，又叹了一口气，她叹两口气是为了说明，她已经不是一个合格的媒婆了。

银子笑了，银子很认真地吃完了最后一粒玉米粒，把玉米棒子扔在了院子里。银子说老凤仙，你有没有听到我刚才和你说的话，王月亮不答应。老凤仙说，那她想嫁什么样的？难道她想嫁公社书记。公社改为乡镇已经很多年了，但是老凤仙仍然把乡镇叫成公社，她总是觉得公社书记和乾隆皇帝的官是差不多大的。

老凤仙走到了院子里，她狠狠地踢了一脚泡桐。在秋天丝丝缕缕的风中，泡桐很轻地惨叫了一声。然后老凤仙躺在了那张躺椅上。老凤仙说，过来。银子的身子就离开了门框，像从门框上剥离下来似的。她的身影，像画一样飘到了老凤仙的面前。老凤仙说，给我点上烟。银子从老凤仙手里接过一次性打火机，替老凤仙的烟杆点上了烟。老凤仙恶狠狠地把烟吸了进去，又美滋滋地吐了出来。然后她用烟杆在银子的头上敲了一记。老凤仙说，你先去帮王月亮捡三天垃圾，说不定，她一感动就答应了。

银子就要去捡垃圾了。银子戴上了草帽，肩上挎一只蛇皮袋，手里还拿着一根小棍子。银子在老凤仙混浊不堪的视线里走出了院门，她刚走出院门，老凤仙剧烈的咳嗽声就响了起来。银子没有去理会老凤仙的咳嗽，银子穿过了村子来到牛栏。她看到王月亮仍然屁股朝天地在整理旧报纸，王月亮一扭头看到了银子。王月亮说，你拿着棍子想干什么？

银子笑了，说我要帮你捡破烂。王月亮说，你为什么要帮我捡破烂？我付不起工钱的。

银子说，我不要你付工钱，只要你答应我帮你捡破烂就行。如果你答应了，我可以每天中午给你吃两个包子。王月亮一下子呆了，她怎么都没有想到过会有这样的好事。她抬起头望了望天，乌云在翻滚着，根本没有掉馅饼的迹象。这时候从一堆旧报纸的后面传来了一个声音，中午给四个包子，我两个，我妈两个。那是蛋蛋发出来的声音，蛋蛋正躺在报纸堆里睡大觉，现在他站了起来，揉揉眼睛，揉下了纷纷扬扬的眼屎。银子望着蛋蛋，银子又说了一句曾经说过的话，蛋蛋你根本不是傻瓜。

蛋蛋笑了，流下了一长一短两根鼻涕。蛋蛋说，你才傻瓜呢。

乌云在翻滚，一场阵雨就要来临了。王月亮说，还去不去？银子说，去的，怎么可以不去呢？于是他们一起向枫桥镇上走去。蛋蛋也去了，因为他想吃中午的两个包子。三个人在土埂上行进，中途的时候还搭了昌平吊眼佬的拖拉机。然后，阵雨就跟在拖拉机后头追，天边是一片白亮，雨滴最后还是追上了拖拉机，它张开嘴，只一口就把拖拉机给吞掉了。银子兴奋地大叫起来，银子说，噢，噢噢。王月亮也大叫，蛋蛋也大叫，噢，噢噢。他们的身子很快就湿了，这时候银子看到了王月亮湿衣服下面的大胸脯。银子伸出手去摸了一把，说，啧，啧啧，够结实的。浪费了是多么可惜的一件事呀。

雨很快就停了。枫桥镇上本来很脏的街道被冲得像一根刚炸好的油条一样，锃亮。三个人一起捡垃圾，他们有说有笑，他们觉得这个日子一定是一个充满了幸福的日子。银子身上的衣服湿漉漉的，这令她有些难受，但是她还是坚持了下来。中午的时候她去民生饭店买了六个包子，一人两个，他们吃得津津有味。蛋蛋吃完了，把手指头舔了又舔，看上去像是要把手指头也吃掉似的。他们还捡到了一个"火树银花"，那是一个十六发的烟花弹，只不过丢在垃圾桶里已经受潮了。银子一把捧住了烟花弹，就像是她已经把一场烟花捧住了似的。

黄昏的时候，他们要回丹桂房村了。他们经过了惠民药店和美光照相馆，还经过了阿木佬箍桶店，还经过了学勉中学，还经过了芬芳婚姻介绍所。经过介绍所的时候，银子站住了，她看到了店里面一张简单得只有一块板四根棒的桌子边上，坐着介绍所所长李芬芳。李芬芳看了看银子，银子也看看李芬芳，她们都没有说话。银子想，我肯定在这儿站了五分钟了，站满了五分钟，我一定要离开的。果然蛋蛋拉了银子一把，蛋蛋举了举手腕说，银子，都过去五分钟了，我们走吧。

蛋蛋的手腕上，用捡来的圆珠笔画了一只手表。

银子带着王月亮和蛋蛋走了。走过老曲小吃店的时候，老曲看到了银子。老曲把头探了出来，他的八字胡已经很久没有刮了，所以这个八字看上去有些雄壮。老曲笑了，说，银子，要不要吃糖醋排骨？我刚炸好的排骨，很脆的。银子摇了摇头，银子在几年前不小心上了老曲的贼船，说好了老曲要和老婆李芬芳离婚的，但是老曲一直都没有。银子一气之下，和老曲断了来往。老曲是个厨师，别的厨师身上会有一股油烟味，老曲身上却只有糖醋排骨的味道。蛋蛋抽了抽鼻子，突然说，银子不要吃排骨，但是蛋蛋要吃的，王月亮也要吃的。

老曲给王月亮和蛋蛋上了一盆红光光油亮亮的糖醋排骨，王月亮和蛋蛋吃得很欢。银子和老曲就坐在桌边看他们吃。老曲说，银子，李芬芳开了一家婚介所。

银子说知道，等于就是媒婆。

老曲说，她是所长，她不许别人叫她媒婆。

银子说，不叫她媒婆，她还是媒婆。

老曲说，你还在恨着我吧。我也很无奈的。

银子说，你想得美，如果恨你了就是在想着你。我根本不恨你，我连你的名字都差点忘了，你叫老姜吧。

老曲马上纠正了，说，叫老曲。

银子说，老曲你的糖醋排骨烧得不错，当年我就是吃了你的糖醋排骨以后，上了你的贼船的。

老曲看了看王月亮和蛋蛋，压低声音说，那不叫贼船。过了一会儿又轻轻地补上一句，最多也只能叫破船。

王月亮和蛋蛋吃完了糖醋排骨。蛋蛋还用舌头把盘子舔了一遍。蛋蛋说，他娘的，老子今天吃了那么多猪骨头，妈，你说皇帝一天最多也只能吃到这么多肉骨头吧。银子在蛋蛋头上拍了一记说，你胡说，皇帝那么富，怎么可能只吃这点肉骨头？我想，除了这些以外，他肯定还要吃一个油煎的荷包蛋，早餐的时候，几乎餐餐都能吃上蛋炒饭的。

现在，银子领着王月亮和蛋蛋离去。他们行进在枫桥镇到丹桂房的那段小路上。黄昏就要远去，黑夜正在逼近着三个人。路上他们没有碰上拖拉机，所以他们必须步行。一会儿，夜像一只黑色的口袋一样，把三个人都装了进去。三个人就在袋子里走路。银子的肚子叽里呱啦地叫了起来，她有些饿了，她后悔刚才没有尝尝老曲做的糖醋排骨。王月亮和蛋蛋在不停地说话，王月亮说，蛋蛋你以后晚上睡觉，不许再叼着妈的奶头睡了。

蛋蛋说，可是不叼的话，我要睡不着的。

王月亮说，你长大了。你长大了不该叼妈的奶头。

蛋蛋说，那你的奶头空着也是空着，让我叼着不是很好吗？

银子说，你们别吵了，你们看，我们到家了。

这时候，果然有许多暗淡的灯火，闪动着跳进他们的视野里。当银子疲惫的身体撞开院门，再撞开屋门的时候，看到十五瓦的白炽灯光下，一颗花白的头。那是老凤仙一边抽烟一边咧着黑洞洞的嘴朝她笑着。老凤仙旁边的桌子上，躺着一碗酸辣土豆丝，一碗喷香的米饭。老凤仙说，过来，坐下，吃饭。

银子吃饭的时候，看到老凤仙把烟一口一口喷出来，一会儿，烟雾就把那个不大的灯泡给裹住了。银子的目光从屋子里跳出来，跃上了天空。她看到了丹桂房的灯正一盏一盏地熄灭，许多人都正在睡去。牛栏里，蛋蛋用捡来的手电筒照着王月亮，他们已经躺下了，蛋蛋一把掀开王月亮的衣裳，一口叼住了王月亮的奶头。王月亮大概是怕痛了，嘴里发出了滋滋的声音。

银子一共帮王月亮捡了三天的垃圾。一共买了十八个包子。在第三天的夜里，银子帮助王月亮整理着旧报纸。在这三天里，银子说了老豇豆不少的好话，她已经把老豇豆说成一个非常英俊与伟大的男人了，基本上有些像《上海滩》里的周润发。蛋蛋已经在整理报纸的时候，头一歪倒在报纸上睡着了。银子在整理完报纸后，也要回家去。所以银子必须要问一下王月亮，银子说，王月亮你觉得老豇豆这个人究竟怎么样?

这时候王月亮刚好摸到一只捡来的烂苹果。王月亮拿起苹果在衣服上擦了擦，咔嚓一口咬了下去。王月亮说，那我还是试试吧。我总要成个家的。银子突然感到幸福而疲倦，三天捡垃圾就为了等王月亮这句话。这时候王月亮尖叫了起来，因为她看到那个苹果的齿痕上，还有半条肉嘟嘟的虫子在扭动挣扎着。

银子说，我们说什么也要庆祝一下的，我们把这个烟花弹烘干了，然后放了它。银子升起了一堆火，把那个受潮了的叫作火树银花的烟花弹抱来，拿在火边上烘烤着。接着银子盘腿在王月亮身边坐下来，主要是畅想一下王月亮嫁给老豇豆以后的幸福生活。一会儿，烟花弹却突然升空了，巨大的声音打断了王月亮对未来生活的构想。烟花腾空而起，徐徐降落。银子一下子就呆了，她怎么都没有料到天上会有那么好看的火焰。

蛋蛋从睡梦中醒了过来，他痴痴地睁眼看着烟花，说，妈妈，以后天天可以放烟花弹的话，我就不咬你的奶子了。

5

这是一个普通的清晨，秋雾从天上罩下来，把银子家的院子罩得迷迷蒙蒙。在那棵老去的泡桐树下，王月亮端坐着，银子亲自为王月亮梳头。银子在王月亮的头发上吐了一口唾沫，然后她用老凤仙的那把断了很多齿的牛角梳为王月亮梳头。她不仅为王月亮扎上了红色的头绳，而且还夹上了一个发夹。王月亮走进银子的卧房，她打开了衣柜，取出最新的那一件衣裳穿上了。银子的心就痛了一下，但是她还是很勉强地笑着。她一定要做成这个媒，不然她怎么输得起这个面子呢？她上了老曲贼船那件事，已经让她输给李芬芳一次。如果她再在给老豇豆做媒这件事上输一次，那就等于是输了一辈子了。

银子带着王月亮走出院门，门又悄然合上了。在她们走出了很远的时候，院门突然打开，老凤仙嘴里衔着烟杆，身上披着一件褐色的夹袄。她的一只手叉在腰上，猛地对着天空吐出了一口烟。看上去她的样子有些威风凛凛，在她吐出了十口烟的时候，太阳升起，驱散了秋雾，大地开始向上升腾水汽。一头水牛哞哞叫唤着，像一个二流子一样晃荡着从老凤仙的面前经过。老凤仙看到牛挂在胯间像铃铛一样晃荡着的阳具，不由得大吼了一声，流氓。说完，老凤仙就进了院子，猛地关上了院门。

银子和王月亮走进老豇豆家门的时候，看到一块破旧的门板躺在冰凉的地上。老豇豆依然躺在床上，他仍然把一条腿叠在另一条腿上，在看到银子和王月亮的时候，他马上就坐了起来，坐在床沿上。他光着的两条瘦腿，从床沿上垂下来，不停地晃荡着，很像是坐在河埠头的青石板上嬉水的样子。银子就仿佛听到了遥远的声音，那么轻柔地漫过她的长头发，以及她的耳朵。她想起以前和老曲，就坐在河边草地上的一堆月光里。那时候老曲用颤抖的声音说，我要离婚，我一定要离婚，我不离婚我就不是老曲。后来银子才明白，男人说得越好听，就越是想把女人尽快地扳倒在地上。

　　老豇豆望望银子，又望望王月亮，慢悠悠地点着了一支烟。他的笑声传了过来，像是受潮了一样，到半路的时候这笑声突然就消失了。王月亮大笑起来，老豇豆从来没有听到过这样的笑声，这让老豇豆很不舒服。老豇豆白了王月亮一眼，说，你这种笑声里有牛粪的气息，你肯定是在牛栏里住惯了。这时候银子说话了，银子说，老豇豆，我把王月亮介绍给你，你要不要？王月亮长得不错，人健康，比你年轻，你千万不要错过了。老豇豆又斜了王月亮一眼，说但是她有一个拖油瓶，我得养着她的拖油瓶。王月亮的笑容一下子收了回去，她最恨别人说她的蛋蛋是个拖油瓶。王月亮说老豇豆你件东西给我听好了，你这个瘦了吧唧的老丝瓜，你自己那么一个懒汉，成天躺在床上就不怕长褥疮？你这扇破门倒在地上，你竟然不知道把门给装起来？你有什么？一穷二白，外加一个屁股，而且这屁股还不是白的，是黑的。

老豇豆生气了，他猛地改变了双腿晃荡的姿势，跳下床来。老豇豆吼起来，唾沫星子就胡乱地飞着。老豇豆说我是懒汉但是我有五个哥哥一个妹妹，他们都很有钱，他们不会不管我。我虽然是个懒汉，但是我很吃香的，你们知不知道枫桥镇上第一家婚姻介绍所，就要为我做介绍了？他们要把八匹马介绍给我，你们知不知道？

银子从来没有想到过老豇豆会暴怒，在她的印象中老豇豆是个不会发怒的人。老豇豆以前缠过银子一阵，但是银子和老曲好上了，老豇豆只有在旁边看看的份。银子总觉得，老豇豆像是被晒了一天的蚯蚓，是不太会动的一条虫子。但是现在老豇豆在暴跳如雷。银子说不要急不要急，银子一把按住了老豇豆的肩，老豇豆就一下子又坐在了床沿上。他的两条麻秆一样的瘦腿又开始晃荡起来，随着他的晃荡，那张老旧的床叽叽嘎嘎响起来了。看上去老豇豆已经不生气了，他的手伸出来，迅速地在银子的屁股上摸了一把，吱吱吱地笑了起来。银子没有生气，反而给老豇豆一个笑脸。银子说，老豇豆，如果你娶了王月亮做老婆，那丹桂房的男人们一定都眼红得嗷嗷直叫呢。老豇豆又站起身来，把嘴放在银子的耳边轻声说，银子，我宁愿不要丹桂房的男人们嗷嗷直叫，我只要你嫁给我就行了。你把王月亮还给她的拖油瓶去吧。银子猛地踢了老豇豆一脚，她闻到了一股隔夜的气息，从老豇豆的嘴里喷出来，让银子差点就吐了。老豇豆又坐回到床沿上去了，他把自己的身体放平，说，现在我很吃香的，这件事等我考虑一下好吗？

银子带着王月亮离开了老豇豆的家。她们踩过了那块倒在地上的门板，然后走进了屋外一片白亮中。她们一路走着，走到牛栏边的时候，银子回头看了看王月亮身上穿着的衣裳。王月亮说，银子，让我再穿几天行不行？我洗干净了再给你送回去。银子想了想，苦笑了一下说，不行，也得行啊。现在想要把你的衣服扒下来，可能比扒你身上的皮还难。

6

银子和老凤仙坐在小方桌的旁边，她们在数着钱。她们的面前各有一把零票，她们把钱数得津津有味。小方桌的顶上，一盏十五瓦的白炽灯发出微弱的光。老凤仙的钞票明显要比银子的多，老凤仙咯咯咯地笑了起来，她漏风的牙齿发出了苍老的声音，银子，你的钞票比不过我的，你再怎么挣也比不过我。

这时候敲门的声音响了起来。两个人都收起了钞票，银子去开门，银子看到老曲站在门口的一堆稀薄的月光底下。老曲的身子被月光一涂，就有些蓝了。银子把蓝老曲让进了屋里，淡淡地说，半夜三更，你来干什么？蓝老曲举了举手中的一只塑料袋，袋里装着一只塑料碗，碗里装着热乎乎的三鲜面。老曲说，银子，我给你烧了一碗三鲜面。你尝尝我的三鲜面。

三鲜面的香味就开始在这间屋子里荡漾开来。银子刚要吃的时候，才发现老凤仙瞪着一双老眼望着她。老凤仙擦了一下下巴上的水说，银子，我把你养大，很辛苦的。你为什么不分一点儿给我吃吃？银子想了想，站起身来，找了个碗，把三鲜面一分为二，她和老凤仙一人一半吃了起来。老凤仙接过碗的时候，咧开嘴笑了。老凤仙说，算你有良心。她们把吃面的声音搞得有些夸张，呼啦呼啦的。银子吃完面，把碗一推说，老曲，你到底有什么事情，你给老娘痛痛快快说出来吧。

老曲开始说了。老曲说，银子，你能不能把老豇豆让出来？这是李芬芳的开门生意，她如果做不成了，对婚介所而言不太吉利的。银子冷笑了一声，说好哇好哇老曲你好哇，你这个狼心狗肺的东西，你到现在还在帮那个女人说话呀。银子的话里夹杂着飕飕的冷风，吹得老曲直打寒战。银子猛地拍了一下桌子，把一只脚踩在凳子上说，老曲，你有没有忘记你的老婆李芬芳带着她的姐妹们把我团团围住？那时候我就像一个孤胆英雄一样左冲右突，但是怎么也突围不了。她们把我的头发扯下来，衣服扯破了，还抓破了我的脸。那时候你就像一只木鸡一样只会在旁边看着她们欺侮我。要不是我娘站出来，我不被李芬芳掐死才怪。娘，你记不记得当初是怎么回事儿？

老凤仙笑了，咯咯咯地笑着说，就是老曲给我吃一百碗三鲜面，我还是忘不掉。不过银子，你怎么还小孩子脾气，都已经过去了嘛。银子说，可是我忘不掉，那时候如果不是你拿着一把剪子护住我，要不是你拿着一把剪子乱捅，银子早就不是银子了，估计就变成山上的黄土了。老曲，你怎么还敢为李芬芳来说这事？要我让出来，没门。老曲你怎么就那么怕你的老婆？我看你都不是个男人，你简直是一个银样镶枪头。

老曲的脸青一阵白一阵的，他不停地搓着手，似乎是想要把手给搓下来。老曲后来叹了口气，他走了，走出门的时候，老凤仙把老曲送到了院门口。银子仍然在屋子里骂人，她骂老曲混账软蛋没用的东西。老凤仙对老曲说，你不要介意。然后在老曲的后背猛拍了一记说，把腰挺直了，像个男人。这时候，黑夜袭击了老曲，很快，黑色的黑夜就挟持着老曲走进了黑暗的深处。

7

老曲找到老豇豆的时候，老豇豆破天荒地起床了。他坐在院门口的门槛上抽烟。因为经常睡在床上的缘故，所以他的头发愤怒地支棱着。老曲说，豇豆，豇豆兄弟，好久不见了。老豇豆翻了一下眼睛，说，什么事？

这个无所事事的下午，老曲一直陪着老豇豆坐在门槛上。老曲不断地给老豇豆递着烟，他们看着秋天的一条狗，追逐着秋天的另一条狗。秋天真是一个令人振奋的季节，许多人上山砍树下河摸鱼，在地里收割大片的庄稼。每一个丹桂房人，都把日子过得忙碌而欢快。老豇豆的秋天过得很普通、平淡，但是他却感到这个季节里，桃花开了。有两个女人，八匹马和王月亮，都愿意做他老豇豆的老婆。现在，老曲的话在转了很多个弯以后终于说，老豇豆，如果你愿意让李芬芳给你做媒，愿意娶八匹马的话，在你讨老婆摆喜宴的时候，我免费给你当大厨。

老豇豆没有表态，他说还是要考虑考虑。老豇豆不想轻易地下结论，这让老曲很懊恼。最后老曲还是走了，老曲走的时候，院门口已经落了一地的烟蒂屁股。然后，老豇豆看到银子远远地走过来，她一定是去牛栏看王月亮了。老豇豆说，银子，你能不能进来一下？

进来干什么？银子说。进来又没有三鲜面吃，我进来干什么？

老豇豆说，我是想和你商量一下我讨老婆的事。

银子进去了。银子进了院子的时候，老豇豆把院门给合上了。银子看到老豇豆屋子的门仍然倒在地上，像一具僵尸。银子就皱了一下眉说，老豇豆，你不会真那么懒吧？这可是房门呀。老豇豆说，我又没让门睡地上的，是八匹马这个胖女人发雌威，把这门弄到地上去的。银子不再说什么了，只说，我问你，你还要不要王月亮了？

秋天的风掠过了老豇豆院子里那棵瘦得可怜的檫树，一只瘦巴巴的鸡在院子里艰难地跳跃着，并且毫不犹豫地叼起了地上的一条瘦弱的虫子。银子紧紧地闭了一下眼，又睁开了，她突然觉得这个院子是一座死气沉沉的院子。老豇豆在银子的身边，不停地抽动着鼻子。其实他并没有闻到银子身上散发出来的清香，因为银子没有香气可以散发。但是老豇豆仍然从背后一把抱住了银子。老豇豆红着一双眼睛喘着粗气说，银子银子，我要和你困觉。你要是和我困一觉的话，我就娶王月亮当老婆。老豇豆说完一把把银子压倒在墙角的一堆稻草里。

那是属于秋天的干燥而温软的稻草，散发着植物的清香。银子挣扎起来，老豇豆的一张臭嘴开始在她的脸上拱。银子一用劲，老豇豆就甩了出去，斜斜地像一只破旧了的麻袋一样，被扔在了墙角。银子站起身来，走到了老豇豆的身边，又低下身，轻轻地拍了拍老豇豆黄黑的脸，轻声说，老豇豆，你也不撒泡尿照照。你想要占老娘的便宜，那可没门。

老豇豆索性躺在地上不起来了，因为他懒得站起身来。他躺在地上对着屋顶说，那老曲怎么可以占你的便宜？银子说，老曲身上有糖醋排骨的气味，你有吗？银子拍了拍手掌，她走出了屋子，走到院子里的时候，她听到了老豇豆尖细的声音从屋子里传了出来。老豇豆说，银子你别后悔，告诉你也不要紧，我不娶王月亮当老婆了。我要娶八匹马当老婆。银子没有理他，她慢慢地走到了院门边，狠狠地摔了一下院门。院门惨叫一声，也轰然倒了下来。院门倒下的时候，黑夜，也开始真正来临了。丹桂房的灯火，次第亮了起来。

8

银子回到家的时候，老凤仙趴在桌上睡着了，她打着声音很响亮的呼噜。银子有些难过，她终于没有敌得过李芬芳和她的芬芳婚介所。银子在桌边呆呆地坐了下来，她看到了桌子上仍然放着一碗酸辣土豆丝，她就吃起了土豆丝。她吃土豆丝的动作越来越快，一会儿，她嘴里就塞不下了，腮帮鼓在那儿。老凤仙醒了过来，她看到了鼓着腮帮的银子。老凤仙伸出手去，轻轻地把银子头发上的几根草屑给拿了下来，然后说，你怎么了？银子的眼泪就流了下来，眼泪在腮帮上姿态优美地拐了一个弯，掉落在地上。

老凤仙盯着银子看了很久，她叹了一口气，突然大声说，点烟。银子忙帮老凤仙点上了烟。老凤仙吐出一口烟说，把我的本本给拿来。银子把老凤仙的本本给拿来了。老凤仙又说，快给我倒一盆热水来，我要烫一烫脚。银子把一盆热水端到了老凤仙的面前，老凤仙把脚伸进热水里，一边吸烟一边翻动着她的小本本。小本本上画着一把斧头。老凤仙把手指头按在那把斧头上，对银子说。就是他了。

斧头就是镇上百丈弄的张木匠。第二天清晨，老凤仙很早就起来了，她把花白的头发梳齐整了，换上了一套干净的衣衫。然后她轻轻打开院门。秋天的雾散得迟，老凤仙跌扑进一堆雾中，很快就不见了。当银子起床的时候，只看到院门仍然紧闭着，但是老凤仙却不见了。银子就搬了一张椅子，坐在院子中间等着老凤仙回来。当太阳的第一缕光线射进院子的时候，一片泡桐树的叶片刚好飘落下来，落在了银子的头顶上。像老凤仙一样，银子没有去拿掉这张叶片。她看到院门开了，老凤仙的头上冒着热气，手里握着那根烟杆。大概是她走路急了的缘故，她的脸上竟然撑起了一片红晕。老凤仙对银子大笑起来，老凤仙说，银子，你把王月亮嫁给张木匠吧，你今天就领着王月亮去看看张木匠。

银子什么话也没有说，她仍然呆呆地坐在椅子上。秋天的风吹起了她秋天的头发，她大概是在发呆，在发了很长时间的呆以后，银子无声地笑了。然后，她仰起头对老凤仙说，老凤仙，我服了你。

银子找到了王月亮。王月亮这次没有整理废报纸，而是坐在一把椅子上，给蛋蛋掏耳屎。蛋蛋蹲在王月亮右脚边，他温顺地把脸靠在王月亮的大腿上。银子一直看着他们，银子突然就想起了自己小的时候，老凤仙也是这样替自己掏耳朵。一长排的牛栏，辽远、陈旧，但是却让银子感到无比的温暖，那些多年以前的牛哞，仿佛又响了起来。王月亮头也不抬地说，你又要来给我做媒了？

银子说，是的，我要把镇上百丈弄的张木匠介绍给你。

王月亮说，你不怕我不答应吗？

银子说，你一定会答应的，只要我一直做下去，做到死，至少会有一个媒被我做成了。我要看着你嫁出去。就算我这辈子做不成，那下辈子我还给你做媒。

王月亮叹了口气，轻轻地拍了一下蛋蛋。蛋蛋站了起来，说，张木匠有没有钱的？

银子说，张木匠钱不多，手头只有一万多。但是他有一门手艺，只要他有力气，他就可以一直吃这碗手艺饭。而且他还带了两个徒弟，他说计划再带三个徒弟，这些徒弟在没有满师的三年内，都得免费给他干活。再另外，他还有三间大瓦房，一部嘉陵牌半新的摩托车。

王月亮说，他条件那么好，怎么会要我这个捡破烂的？而且我还带着蛋蛋。

银子说，张木匠说了，你可以把蛋蛋带过去。他之所以会娶你，我告诉你也不要紧，是因为他也有一个十六岁的女儿。

王月亮笑了起来说，他有女儿倒好。他没有女儿，我反而不敢嫁了。我们相差太多了，现在，就让我去照顾他的女儿吧。我一定天天都替他女儿做早餐，梳头发。

银子说，那你跟我走吧，你们总要照一下面的。

王月亮站起身来，跟着银子走了。蛋蛋一直望着王月亮的背影，等到王月亮和银子走出很远的时候，蛋蛋突然喊，王月亮，能不能让他给我们买一辆自行车？

第三天，王月亮就带着蛋蛋嫁给了张木匠。张木匠的婚礼很简单，不用置嫁妆，不用装修新房，只要办喜酒叫熟人一起吃一顿就行了。那天老凤仙没有去，她让银子去了。银子是媒人，所以张木匠和王月亮要向她敬酒。他们还按照风俗送给她一双鞋子和一个红包。鞋子是感谢她跑来跑去张罗他们的婚事，红包算是谢她的辛苦钱。银子把红包揣在了怀里，她喝了一点酒，脸上就红红的一片。王月亮拿着新皮鞋，在亲友们的围观下，走到了银子面前。

王月亮说，大媒先生，我把鞋子给你穿上。

银子就把脚抬了起来。

王月亮抱着银子的脚，把一双新鞋给银子穿上了。

王月亮说，大媒先生，你下地走走，看合不合脚？

银子就站起身来，在地上转起了圈，连声说，合脚的，合脚的。

这时候，锣鼓队的声音就响了起来，两只唢呐朝天吹着，在鼓乐声中，银子又坐回到了太师椅上。她举起酒壶，往杯里倒满了一杯酒，说，喝。

9

银子回到家的时候，已经很晚了。老凤仙给她留着门，但是她自己却已经打起了呼噜。银子摸索着走到床边，她喝得有点多了，有了头重脚轻的味道。当她躺下去的时候，突然想起王月亮还欠她一件衣裳，看来这件衣裳王月亮是不可能还给她了。这时候她看到了窗外的一轮明月，很冷地照在她的床头。银子开始扳手指头，她扳了很久的手指头以后，终于正确地算出她已经四十六岁了。也许，接下来的人生没有第二个四十六岁了。这样想着，她就有些难过。在难过中，银子沉沉地睡了过去。

第二天，在秋天的院子里，老凤仙和银子坐在了一起，她们的手里都拿着一个小本子。她们开始在绵软的日头底下数数，她们都数到了九十九。也就是说，她们都已经做了九十九个媒了。后来老凤仙合上了本子，老凤仙突然盯着银子说，八匹马要嫁人了，她要嫁给老豇豆。

银子说，嫁人就嫁人吧，总要嫁人的。

老凤仙的目光有些阴阴的，她说那李芬芳的仇你就不报了吗？

银子说，那也能叫仇呀？

老凤仙说，那不叫仇叫什么？

银子想了想说，好像不叫仇也叫不成其他的，看来只能叫仇了。

老凤仙说，那你报不报仇？

银子说，怎么报？

老凤仙说，听说老豇豆这个懒汉，自己穷得叮当响，但是他的五个兄弟都很有钱。

银子说，有钱怎么了？

老凤仙说，听说八匹马通过李芬芳的手，只收了老豇豆三千块钱。

银子说，我明白了。那我就去报了这个仇吧。

银子站了起来，她走到门边的时候，突然被老凤仙叫住了。老凤仙说，你别去了，还是我去吧。

老凤仙又出门了，她因为出了几次门，反而显得神采奕奕了。老凤仙回来的时候，告诉银子说，银子你等着，李芬芳可以和你斗，但是她怎么能和老凤仙斗呢？谁让银子是老凤仙的女儿呢。老凤仙的话音刚刚散去，鞭炮的声音就响了起来。在鞭炮的红色碎屑中，荡漾着充满硫黄的喜气。八匹马穿着大红的衣裳，她肥胖的脸上涂了厚厚的油脂。就在她和她的嫁妆走到丹桂房村外土埂上的时候，突然叫住了媒人李芬芳。

八匹马说，李芬芳，我不想走了。老豇豆才出了三千块钱给我家。

李芬芳一下子就急了，说那你要多少。李芬芳想说你本来就只值三千，但是她没有说出来。

八匹马说，我八千总值的。

李芬芳说，那让他以后再给你家里五千。

八匹马说，没有以后的，要给就现在给好了。

李芬芳说，祖宗，你是不是要害我？你让我哪儿去要这么多钱？

八匹马不再说话了，她站在了原地，掏出一只布袋，肥胖的手一下子伸进去，掏出了一只红鸡蛋。她站在土埂上剥着红鸡蛋，她一连吃了五个红鸡蛋。这时候，老豇豆的大哥骑着一辆摩托车过来了，大哥说，怎么回事？

八匹马说，大哥，我要加五千块钱。

大哥冷笑了一声，对李芬芳说，李芬芳，这大媒是你做的，要三千块钱也是你说的。现在八匹马来个临时涨价，我们六兄弟可绝对不答应。

八匹马说，那我也不答应，我要回去了。

八匹马转身要走的时候，被李芬芳一把拦住了。李芬芳说，八匹马，你是我的祖宗，我前世的时候，一定欠了你一万块钱，不，一万八千块左右的钱，才会让我这辈子吃你的苦头。

李芬芳又去求大哥，说大哥，能不能再加点儿钱。三千块确实少了一些。

大哥说，没有了，一分也没有了。我现在回丹桂房去，要是再过半个小时，嫁妆还不到的话，那么我们六兄弟就找你李芬芳算账，我们不仅要拿回三千块，而且要去大学里找到你女儿，让你女儿给我们的兄弟当老婆。你想想清楚。

大哥说完，很英勇地跨上了摩托车。摩托车喷出一股黑烟，像一只一蹿一蹿的兔子一样，很快消失在秋天的尽头。很多村里人都围了拢来，他们好奇地看着白白胖胖的八匹马吃着白白胖胖的鸡蛋。老曲骑着一辆自行车来了，老曲找到了李芬芳说，怎么了，怎么回事？有人要造反吗？李芬芳说，是八匹马要造反，八匹马临时要加五千块钱。我们家里还有钱吗，老曲？老曲坚定地摇了摇头说，没有了，一分也没有了。女儿读书用去那么多钱，你又租房子开出一个什么婚介所，钱全用完了。

黑夜就要来临了。嫁妆队伍因为新娘子八匹马不愿前进，而停在了土埂上。一会儿，土埂的尽头上滚起了烟尘，五辆摩托车一字儿排开向这边开了过来，摩托车的背后是涌过来的丹桂房人。他们就像潮水一样，他们可以毫不费力地把整个嫁妆队伍给吞没。

老曲狠狠闭了一下眼睛说，芬芳，芬芳我们完了。李芬芳这时候要比老曲冷静，说怕什么，有什么好怕的，天又不会塌下来。天要是塌下来了，有个子高的人顶着。老曲突然跪了下来，对着围观的丹桂房人说，谁有钱，谁有钱谁借我们五千块，到时候我们还你们六千。我们开着一家饮食店，不不，饮食公司。我们还开着一个婚介公司。我们的女儿是大学生，她大学一毕业就是国家干部。所以我们的前景无量，谁要是借给我们钱了，谁以后一定会得到很大的好处。谁给我们钱，谁能行行好借给我们钱？

谁都没有把钱借给这位前景无限好的大厨。但是他们不肯散去，他们要看热闹，这是一场免费观看的热闹。李银子和老凤仙也混在人堆里，她们是来看李芬芳的好看的。李芬芳的脸上滚下了豆大的汗珠，她突然看到八匹马的娘家人，也气势汹汹地赶来了，他们开来了几辆拖拉机，拖拉机上下来好些人，手里都拿着柴刀锄头。摩托车上的五兄弟也下来了，其中老大的摩托车后面坐着老豇豆。身后跟着的男人们手里，都拿着一根小铁棍。他们的样子，很像是一场古代的战争片。

八匹马的娘家人不要到五千块钱不肯走，老豇豆的兄弟们不愿意再多出一块钱。老豇豆走到了八匹马的面前，转了一个圈说，你怎么涨价了，你值那么多钱吗？八匹马突然发怒了，把刚剥出的一只熟鸡蛋扔进嘴里，双手叉腰大吼一声，他妈的老豇豆，你那个三千块钱是美元啊，就可以娶一个如花似玉的老婆？

所有围观的人都笑了起来，他们看到老豇豆被吓了一跳，像一只突然受惊的麻雀一样，跃到了大哥的身后。大哥的手挥了一下，身后的那些人都举起了铁棍。
老凤仙在人群里抽着一杆烟，她的目光很散淡地落在了
八匹马的身上。八匹马仍然在吃着东西，她已经不吃鸡
蛋了，她正在吃一只粽子。其中一片黏糊糊的粽叶粘在
了她的红色外套上，在风中唰啦啦地响着。她吃得很认
真，最后把手指头也吮干净了。混在人堆里的银子就很
担心，她担心八匹马一不小心把手指头给吮下去了。

　　八匹马的娘家人在一步步向前，老豇豆的五位兄弟
和大批的丹桂房男人也在一步步向前。围观的人群后退
了，但是他们并没有退远，他们很勇敢地一定要把这场
难得看到的热闹看完。老曲完全吓晕了，他知道李芬芳
的这个婚介所给他惹来了很大的麻烦。李芬芳仍然站着
不动，她突然涨红着脸大吼起来，啊，啊啊，啊啊啊。
她张着大大的嘴巴，很是愤怒的样子。老曲默然地看了
一眼自己的老婆，他跪着膝行起来，他膝行的速度很
快。丹桂房人只看到一个男人上半身在泥地上快速移动
着，却看不到下半身。老曲向人群磕了一个头，又磕了
一个头。老曲说，我给你们跪下了，能不能借我们五千
块钱？以后你们到我的饮食店里来吃三鲜面的话，我一
定只收对折价。你们要相信我，我烧起三鲜面来还是很

好吃的。

在银子的耳朵里，她听到老凤仙抽烟的啪嗒声越来越响。老凤仙像是吞云吐雾的样子，她闭着眼睛，好像在想着一件许久都没有能想得起来的事情。银子抬起头，看到了头顶上的云走得飞快，一些麻雀在空中划出一个简单的弧度飞翔，这个时候，它们正在归巢的过程中。人群越来越退后了，只有银子和老凤仙没有退。两队人马越走越近，老豇豆却不见了，他偷偷溜了，溜到很远的树丛里，远远地望着这边。夜幕就要降临，夜幕降临以前，一场械斗就要开始。只要老豇豆的大哥挥一下手，就会有许多的鲜血洒出来，把这个寻常的傍晚染红。

现在老曲只跪在老凤仙和银子的面前。老凤仙突然睁开了眼睛，她尖厉的声音响了起来，让那个女人过来跪。大家都被吓了一跳，连老豇豆的大哥也没有想到老凤仙会这样吼一声。李芬芳愣了一会儿，指指自己的鼻子说，是叫我吗？老凤仙说，就是叫你，你过来。你跪下，我就借你五千块钱。

李芬芳不肯跪，却被跪着的老曲拉了一把，她终于低着头跪下了。老凤仙说，不要跪我，你要跪的是银子。老凤仙退后了一步。整个丹桂房村的人都看到了，镇上的芬芳婚姻介绍所老板李芬芳，跪在了丹桂房的媒婆银子的面前。老凤仙笑了，老凤仙说，你记住了，你斗不过银子。老凤仙又说，银子，你给他们五千块钱，让他们写个借条。

一场即将展开的械斗，在黑夜正式来临以前停止了。老曲站了起来，揉了揉麻木的腿。他去拉李芬芳的时候，却发现怎么也拉不起来。老曲看到，李芬芳仍然跪在地上，眼泪一刻也不停地流着。八匹马在鼓乐声中重又上路了，她经过李芬芳身边的时候，看都没有看她一眼。

黑暗之中，李芬芳听到了丹桂房传来的爆竹声，李芬芳知道那是新娘子八匹马已经到了老豇豆的家了。本来，她做媒人的，该是最风光的时候了。八匹马就要给她穿上新鞋了。但是她却跪在这条长长弯弯的土埂上。陪着她一起跪着的人，是老曲。四周没有一个人了，很安静，老曲轻轻地拉了她一把，她就倒在了老曲的怀里，不断地捶打着老曲哭着说，老曲，你怎么去碰了那样一个女人呀，老曲？

10

老凤仙在院子里无精打采地晒着太阳。这是一个初冬的清晨,地上积了薄薄的冰。老凤仙身上裹得很严实,只露出一张黑洞洞的嘴,叼着一支烟杆。她啪嗒啪嗒地抽着烟,不时地抬头看看掉光了叶片的泡桐。现在泡桐只剩下臃肿的身子,连一片树叶都没有了。但是老凤仙却仍然希望着泡桐能偶尔地掉下一片树叶来,哪怕这片树叶小得可怜。

银子推开了院门。银子走到老凤仙的面前站定了,银子说老凤仙,李芬芳要搞派对了。

老凤仙眯着眼睛问,派对是个什么东西呀?

银子说,派对不是东西,就是把许多年轻人叫来聚在一起,让他们相互挑对象。

老凤仙哈哈大笑起来,笑得有些上气不接下气。老凤仙说,那不就是菜市场里买菜吗?拍拍这丝瓜,又摸摸那南瓜的。

银子说,是的。但是镇上有很多年轻人都报名了,据说，李芬芳还要成立单身俱乐部。

老凤仙的笑声慢慢收了起来。老凤仙抬起头说，银子，怕不怕？

银子无力地摇了摇头，意思是不怕，但是老凤仙仍然看出来银子有些怕。

老凤仙说，怕是不用怕的，关键是我们要想办法应付。你也不能像一只斩了头的鸡一样蔫着呀。没事儿的，李芬芳说过的，天塌下来有个子高的顶着。告诉你，车到山前必有路，船到桥头总会直。

银子不知道一件事终于发生了。这件事发生的时候，整个丹桂房村的村民们都在睡觉。村里最著名的懒汉老豇豆一觉醒来的时候，发现身边长得既像沙发又像面包的，娶回来才一个月的老婆八匹马不见了。老豇豆躺在床上抽烟，他抽了一天的烟，吃完了放在床上的一包饼干，仍然没有发现八匹马的踪影。这时候老豇豆只好下了床，他在方桌上发现了一封信。信上的字写得歪歪扭扭，老豇豆连书上的字都不认识，怎么还会认识歪歪扭扭的字？老豇豆把信塞进口袋里，当他走到院子里的时候才发现，原来一场冬雨已经在这个黄昏时分降临了。这是一场绵长的冬雨，因为睡觉的缘故，老豇豆不知道它已经下了一天一夜。这一场长雨，把地上的泥土给酥化了。那只瘦骨嶙峋的鸡，站在屋檐下面，用无助的目光望了老豇豆一眼。本来它想说它一整天都没有吃过东西了，但是它最后还是忍住了没有说。它对同样瘦骨嶙峋的主人已经失去了信心。它听到主人在无力地叫着，八匹马，八匹马，你怎么还不回来？

在整个被江南冬雨笼罩着的村庄，灯火次第亮了起来，村民们开始围坐在灯光之下吃晚饭了。老豇豆的肚皮咕咕咕地叫了几下，很像是冬眠以后准备出洞的青蛙的叫声。老豇豆走过院子里那棵瘦弱的檫树身边的时候，听到檫树在这个宁静的冬夜叹了一口气。老豇豆把手藏在自己的袖筒里，像突然老去的一只大虾一样，无力地走出了院门，朝老大家走去。

下着冬雨的夜晚，村路上空无一人。这是一条被掏空的路，老豇豆始终觉得这无疑等于是走在一条抛向远方的巨大的裤带上。远处温暖柔和的灯光，像一只招摇着的女人的手，把老豇豆一点点地牵引了过去。老豇豆找到了大哥家的门，他敲了敲门，大哥的女儿来开门了。大哥的女儿看了他一眼，没有说话。大哥的女儿在枫桥镇柏树服装厂当团委书记，她勤奋好学，并且正在进行一场秘密而甜蜜的恋爱。她一点也不喜欢这个好吃懒做要靠兄弟姐妹们接济的叔叔。她总是对她爸说，爸，叔怎么一天到晚躺在床上，好像他和床是长在一起似的？

大哥正捧起一碗老酒要喝，送到嘴边的时候他放下了。他望着湿漉漉软塌塌，像一片黄叶一般的弟弟，也叹了一口气。大嫂默默地盛来了一碗饭，老豇豆坐了下来，老豇豆很勇敢地把碗里的饭吃完了，然后他把空碗往嫂子的眼前一放。大嫂又给他盛了一碗，很快他又吃完了，他打了一个响亮的饱嗝，然后对大哥说，大哥，八匹马不见了。

在这个被雨淋湿的夜晚，大哥让当团委书记的女儿读完了八匹马的信。八匹马在信里说，我去沈阳了，那里有一个叫刘拐的人，用爱情召唤着我。听说沈阳有许多好吃的，沈阳的冬天不冷，有暖气……大哥在好久以后，猛地在桌上拍了一掌说，这个媒是李芬芳做的，人不见了，李芬芳要负责，我们找李芬芳要人。

老豇豆又回去睡觉了。老豇豆觉得吃饱了饭有些困了，他就想回去睡觉。他的五个哥哥的五辆摩托已经一字排开了，五条雪亮的车灯抛出去很远，仿佛水龙头喷出的巨大水柱，想要把黑夜给冲垮似的。大哥一声令下，五辆摩托就向枫桥镇上冲去。他们一点也不知道，李芬芳包下了镇上唯一的舞厅友谊楼，正在友谊楼里搞派对呢。

友谊楼里的灯光很亮。李芬芳说，大家不要吵了，大家知道什么叫派对吗？派对就是分派对象的意思，把大家叫到一起来，就是要大家搞对象。老曲，你让人把音乐给放起来。

音乐响起来了，音乐让这个南方小镇的雨夜显得无比的温暖而且恬静。年轻人们都很兴奋，他们红着眼用目光在人堆里搜寻着自己想要的目标。门口突然出现了五个人，五个人穿着雨衣，他们的脸长得差不多，让人会误以为这是五件复制品。音乐一下子就停了，大哥走到了李芬芳的面前。大哥说，李芬芳，你把八匹马给我交出来。

李芬芳说，我没有八匹马，八匹马不是已嫁给你们家老豇豆了吗？

大哥学着电影里的样子，挥了一下手，五弟就把那封信递给了李芬芳。

李芬芳看完了信，说你们想要怎么样，你们想要我变一个八匹马出来吗?

大哥说，你变不出八匹马的。但是你一定要把三千块钱还给我们。另外，你还要帮老豇豆再找一个老婆。不然的话，我们一定让你和老曲瘫痪在床。

李芬芳说，你们先走开，我们正在分派对象，你不要影响我们分派对象，有事等明天你到婚介所来找我。

大哥笑了起来，大哥突然掀翻了一张桌子，所有等待着分派对象的男女们都跑了，这很像是电影里的镜头，乱糟糟的一片。五兄弟和老曲、李芬芳扭打在一起，老曲和李芬芳怎么会是他们的对手。就在老曲和李芬芳躺在地上，屋子里狼藉一片的时候，门口出现了镇派出所的蔡所长，他带着联防队员王小奔和陈小跑。蔡所长说，你们想干什么? 你们简直是无法无天了。你们是不是都想瘫痪在床?

大哥因为有五兄弟撑着腰，所以口气很硬。大哥说，你不要管，这是我们的事，你不要以为你穿着黄皮就了不起。

蔡所长很气愤，他看了看王小奔和陈小跑，王小奔和陈小跑都是在部队侦察连里待过的，很久没有练了，所以他们觉得身子在发芽。现在，他们有了一个免费练习的机会。王小奔和陈小跑都开心得大笑起来，一把就扭住了大哥，咔嚓一声，铐住了大哥。

这个安静的雨夜，枫桥镇唯一的一条长街上，路灯很惨淡。五兄弟和老曲、李芬芳像一串蚂蚱一样，向镇派出所走去。王小奔在前头引路，陈小跑在后面殿后。蔡所长是开着一辆很破旧的吉普车来的，他因为怕自己被冬雨淋湿，所以就上了车发动车子。但是他发了很久都没有能发动车子，他从车上跳了下来，狠狠地踢了一脚汽车轮胎。蔡所长说，他妈的，你也不是个好东西。

友谊楼的门口终于安静下来了。门口整齐地停着五辆摩托车，像五个在冬夜里发呆的傻瓜。傻瓜旁边停着一辆蔡所长开来的四个轮子的大傻瓜。路灯光和雨，轻柔地将它们覆盖了，像是要盖住一个绵长的季节一样。这时候，路灯的灯泡，闪了几下，灯丝断了。一切都陷入了黑暗之中。

第二天清晨，雨仍然没有停。老凤仙和银子坐在屋檐下发呆。后来老凤仙说，我儿，你多大了？

银子又扳着手指头开始计算，算了一会儿说，我四十六了。

老凤仙说，银子，如果你再嫁不出去，你就要像我一样，一辈子都嫁不出去了。

银子有些伤感了，她想哭但是最后没有哭出来。银子放低声音说，那我就不嫁了吧。只要我能把别人嫁出去就行了。

老凤仙就叹气，她叹了很久的气，然后她说，银子，我看这是命。村里的人都在说，昨天晚上老豇豆的五个哥哥和老曲、李芬芳被抓进去了，那个叫什么派对的玩意儿也黄了。这下好了，你可以安心地做你的媒婆去了。

银子说，好，那我继续做我的媒婆吧。我做了九十九个媒，收到了九十九双鞋。等我做不动媒了，我一定要到枫桥镇的老街上去开一家鞋店。店名我想好了，叫银子鞋庄。

老凤仙咯咯咯地大笑起来，笑着笑着突然不笑了，她一把捂住了嘴巴。当她核桃皮一样的手慢慢摊开的时候，手心里躺着一粒牙齿。老凤仙说，又掉一粒了。我还有八颗牙齿，等八颗全掉光了，我就死掉了。银子，你一定要把我葬得风光一点。

银子说，你是老不死，你不会死的，你放心吧。到时候我陪着你一起死。

老凤仙显然有些生气了，说，闲话少说了，你把我的本子去拿来。

银子进屋拿来了本子，交给老凤仙。老凤仙翻开本子，上面画着一个只有一条腿的人，旁边还画着一支枪。老凤仙说，这是咱们村的退伍军人陈云庭，他的一条腿留在了部队里，另一条腿带着上半身回来了。他是可以拿补助的，虽然不多，但是也算是一份工资吧。老凤仙又翻了几页，上面画着一个只有一只手的女人，她用一只手牵着一个小男孩。老凤仙说，这是大竹院的吕桂花，她小的时候用手去摸电线，结果被电老虎咬了一口。现在她是一个寡妇，她以为长大了嫁一个电工就可以把她保护起来，没想到她的电工老公也是被电死的。

老凤仙哈哈大笑起来说，吕桂花现在最怕电，她把家里的电线都拆了，她晚上用蜡烛当电灯用。银子，银子你给我听好了，你马上给我出发。你去给他们做媒，你要知道我们都已经做了九十九个媒，如果你把这一对做成了，你就超过我一个媒了。

银子望了望院子里的雨，那棵院里的泡桐早就浸湿了，它在雨中低低地呻吟了一下，伸了一个懒腰。就在它的呻吟声中，银子突然卷起了裤腿，撑起一把黑色的雨伞，快捷地走进了雨中。黑色雨伞移出了院子，院门瞬间合上了。然后，黑色雨伞在雨中飞快地移动着，像一朵低空飞行的乌云。

11

吕桂花用一只手打了儿子牛皮一个耳光，牛皮响亮的哭声就响了起来。

吕桂花说，你再哭，你再哭我就拿电电死你。

牛皮仍然哭着，牛皮说别人都有白球鞋，我为什么就没有白球鞋。

吕桂花愤怒了，看上去她有些披头散发。吕桂花说，别人都有爹呢，你哪儿有爹了？我用一只手养活你就不错了。

牛皮不再说话，他拉过一把椅子，坐下来对着院子里的雨哭。雨慢慢停了，天空中升起一个不太有力气的太阳。牛皮突然看到了院子里站着一个人，她举着一把黑色的雨伞，正对着他笑。这个女人把雨伞收了起来，路上，她的全身还是被斜雨给打湿了。她的湿衣服正滴滴答答地往下滴着水。

牛皮不哭了，牛皮愣愣地看着女人。女人咧开嘴笑，女人说，你是吕桂花吧。

吕桂花说，我是，我叫吕桂花，他叫牛皮，我们家的男人死了，我们家现在还有一头猪和八只鸡。你找我什么事？

女人又笑了，女人说我叫银子，我是丹桂房来的。我没有问你家里有几头猪。

吕桂花也笑了，吕桂花说，我知道你，你很有名气的，你是很有名的媒婆。

银子说，我来给你做媒，我想把你介绍给我们村的云庭。我老实告诉你也不要紧，他只有一条腿，但是他是从部队回来的，他每个月可以拿一点生活费。

吕桂花说，少一条腿没关系，我自己也少了一只胳膊呢。不过我是要开条件的，我要带我的儿子牛皮走。

银子说，我想可以的。

牛皮插了一句话，我想要一双回力牌的白球鞋。

银子又说，我想可以的。

吕桂花说，我想最起码有两间大瓦房，住着舒心些。还有，大瓦房里不准有电线。

银子没有说可以的，银子想，这事可有些麻烦了。银子后来说，草房行不行？他有两个半间的草房，因为草房有些塌了，所以说是两个半间。其实草房好，冬暖夏凉的，而且还空气新鲜。

吕桂花说，那不行。我知道丹桂房人几乎家家户户都住瓦房，他凭什么不让我和牛皮住瓦房？

这天银子在吕桂花家吃了中饭，而且还给牛皮讲了三个笑话。牛皮突然爱上了这个很能说话的银子。牛皮叫她姨娘，牛皮说，姨娘，等我长大了也要请你给我做媒。银子就摸了摸牛皮的头说，到那时候姨娘可能就做不动媒了。你以为做媒很容易呀。

这天银子又找了云庭，云庭正在屋子里练倒立，他用两只手走路。因为断了一条腿的缘故，他的两只手就特别强壮，像牛蹄子似的。云庭在草房里用两只手走来走去，他突然看到了一个倒着的人，那个人就是银子。银子说，你为什么要用手走路？

云庭大笑起来说，我没事儿闲得慌，就练练倒立走路。

银子说，我坐下来好不好？我坐下来主要是想和你谈谈吕桂花的事儿。

云庭说，你坐吧，你客气什么，你想躺着的话，躺着也行。

银子说，我想把大竹院的吕桂花介绍给你，你要不要？

云庭说，要的。

银子说，他要带一个儿子过来，他的儿子叫牛皮，今年十一岁了。

云庭皱了一下眉头说，要是女儿的话更好些，不过既然是儿子了，又没有办法改的，儿子就儿子吧。

银子说，牛皮要一双回力牌的白球鞋。

云庭说，我给他两双。

银子说，吕桂花想要两间大瓦房，而且屋子里不能带电线的。

倒立行走着的云庭身子突然一歪倒在了地上。银子说，你怎么啦，你刚才不是走得好好的吗？

地上的云庭挣扎着爬起来说，我被吕桂花的话吓坏了，我没有那么多钱。

银子说那我问你，你有多少钱？

云庭说，我只有造一间大瓦房的钱。她要两间大瓦房，我就缺一间大瓦房的钱。

银子有些灰溜溜地回到了家里。老凤仙在吃着一小篮枣子。看上去老凤仙的气色不错。老凤仙说，怎么样？银子奇怪地看着老凤仙。老凤仙只剩八颗牙齿了，她竟然在吃着那么硬的枣子。

银子说，吕桂花要两间大瓦房，云庭只有一间大瓦房的钱。

老凤仙说，那你去找镇政府，他们不会不管的。云庭都为国家丢了一条腿了，他们怎么好不管的呢。

银子就去了镇政府，镇政府管民政的民政员说，要请示副镇长。后来副镇长答应由镇里造半间房。

银子回到家的时候，天已经黑了。她觉得有些累，当走进院门的时候，看到一个身材高挑的女孩子，正在和老凤仙聊天。

老凤仙在屋檐下面大笑，老凤仙说，银子，你看看这是谁？这是著名的厨师老曲的女儿，她是从杭州的大学堂回来的。她刚才在教我说外国话，我现在已经会说外国话了。

银子看看老曲的女儿，她的脸上有着老曲的影子，却是青春勃发的样子。老曲的女儿也看看银子，她知道老曲和银子的那档子往事。她笑了一下，说，阿姨，我叫曲蛐。

银子点了点头，她心底里有些喜欢上这个美丽的女孩。老凤仙的声音又响了起来，银子银子，你知道外国话里对不起是怎么说的吗，叫少来。你知道外国话里谢谢你是怎么说的吗，叫三克油。你说这是不是太好玩了？

银子没觉得好玩，她没有理会老凤仙。老凤仙仍然一个人在叽里呱啦地叫着少来和三克油。银子只是淡淡地问曲蛐有什么事。曲蛐说，阿姨，我爸和我妈被抓进去了，你说你能不能帮个忙。

银子摇了摇头，银子说我又没有门路的。我帮不上忙的。听银子这么说，曲蛐就有些失望。曲蛐后来走了，她是骑着一辆小巧的飞花牌自行车来的。她上车的时候像是突然想起了什么似的，从怀里掏出一把梳子，递给了银子。曲蛐说阿姨，这是我从杭州买来的，是牛角的。送给你吧。

曲蛐走了。银子的心就痛了一下，她突然想，要是自己也有这么一个女儿，该有多好。银子一直愣愣地望着曲蛐远去的方向，老凤仙的声音从后面掩了过来，老凤仙说，银子，你去找云庭，你让云庭陪你去找派出所的陈小跑和王小奔，他们是战友。银子说，你怎么知道的？老凤仙拍了拍手中拿着的小本子说，我什么都知道。

第二天中午，当曲蛐打开门的时候，看到了老曲和李芬芳。曲蛐说，你们回来了？老曲就回头看了一下。这时候曲蛐才看到不远处站着银子。银子的身边，还站着一个断了一条腿的男人。老曲说，银子说你去找她了，是银子把我们救出来的。李芬芳什么话也没有说，李芬芳只是低了低头。曲蛐笑了，曲蛐说妈，都过去的事儿了，放开点吧。

李芬芳说，妈放得开的，妈听说银子要为云庭造瓦房，就让你爸去帮忙。还有百丈弄的张木匠，他是银子做的媒，他也说会去帮忙造房子。

曲蛐再一次抬起头的时候，银子和云庭已经不见了。曲蛐就说，妈，你别开婚介所了，你还没学会怎么做媒，你开什么婚介所。你帮着爸把个饮食店开好就行了。

这天晚上，在银子家十五瓦的白炽灯下，银子和老凤仙又在数那一大把的零钞了。银子和老凤仙都数得很仔细，所以她们很长时间都没有说话。银子看到老凤仙不时地用手指头沾一下口水数钱，就皱了一下眉头。银子想，老凤仙看来真是老了，她已经八十二岁了。八十二岁的人还能不老吗？老凤仙抬起了头，把一堆钞票慢慢地推到了银子面前。银子说，干什么？老凤仙诡秘地盯着银子看了好久以后，才说我数不清了，我既然数不清了就不数了。你算算看，这些钱够不够造云庭的半间大瓦房。银子说，够了，足够了。老凤仙说，够了就好。你记得让他给你写个借条。要让他记住，有借有还，再借不难。借了不还，再借万难。

第二天天蒙蒙亮的时候，老凤仙出现在云庭的草屋前。老曲和张木匠都已经来了，银子曾经做过媒的一些男人也来了，他们像是一支小型的部队一样，集合在云庭的草屋前。云庭很兴奋，拄着拐杖一摇一晃来晃去，向男人们散发着香烟。他脸上突然爆出来的几年不见的青春痘，闪闪发光。老凤仙抽着一根烟杆，她挥了一下手，许多人都奋不顾身地扑向了草屋。在很短的时间内，草屋成了一堆泥和一堆草。拖拉机密集的声音响了起来，一车车的黄砖源源不断地运向了丹桂房。这是一支庞大的建设大军，他们的大媒先生，都是银子。

云庭的两间瓦房，只花了二十天时间就建成了。云庭望着突然竖起来的两间新房子，不停地用手抚摸着墙壁。云庭说，他妈的，真奇怪呀，怎么这么奇怪呀，怎么就多出了两间瓦房来了？银子站在他的身边，静静地看着。云庭突然转过身来，对银子说，银子，我没有东西送给你，我就送给你一个倒立吧。你就当是在看免费的杂技好了。

于是银子大约看了五分钟的免费的杂技。银子按照看杂技的规矩，叫了一声好，并且鼓了三下掌。尽管云庭还在不折不挠地倒立行走，银子却已经走了。银子走进了冬天最深的深处，她觉得有些苍凉，不知道为什么，她就是觉得有些苍凉。冬天已经进行到最后了，在最后的冬天里，银子很想哭一场。她在心底里暗暗发誓，年里不做媒了，要做媒的话，要等到明年春天。明年春天等树灌满了浆的时候，她的身体里也一定藏了很多的力气。她要在春风杨柳的土埂上，飞快地走出只属于媒人的美好步子。

12

银子推开门的时候，突然发现院里已经积了厚厚的雪，到处都是白晃晃的一片。银子觉得很扎眼，她眯起了眼睛，不时地用嘴往两只红红的手上呵着热气。银子大叫了一声，银子说，老凤仙，下雪了。老凤仙没有理她。银子就进了屋，走到老凤仙的身边，轻声说，老凤仙，下雪了呢，下了一场百年一遇的大雪。

老凤仙睁开了迷蒙的眼。很多老人都不太睡得好觉，老凤仙却是一个很会睡觉的老人。老凤仙说，你怎么知道是百年一遇呢？你又没活到一百岁。

那就十年一遇吧。银子说。老凤仙你快点起床，今天云庭要讨老婆了，今天云庭不仅请了我这个当大媒的，还请了你这个老媒婆。

老凤仙咯咯咯地大笑起来，从床上坐直了身子。对，我们吃肉去，让云庭把肉炖烂一些，我牙不好。

老凤仙穿上了一件赤色的棉袄，想了想，又脱下了。老凤仙说，你把我那件箱子底里锦缎的棉袄给找出来，今天是大喜的日子，我要穿得喜气一些。

银子就帮老凤仙找出了那件锦缎的棉袄。老凤仙穿上了棉袄，就坐在镜子前梳妆打扮，她再一次把白花花的头发梳得齐齐整整。老凤仙说，银子，你妈年纪轻的时候，那可是很标致的，白净脸蛋杨柳腰。

银子说，可惜妈从来没有嫁出去过。真对不住这白净脸蛋杨柳腰了。

老凤仙很生气，说，那是妈不想嫁，你以为妈真嫁不出去？要不是那个没良心的一走就从这个世界上走丢了，我老凤仙早就四世同堂了。

老凤仙经常说起那个没良心的。但是银子一直都不知道那个没良心的是谁，当年发生过什么样的事。就像一坛封起来的老酒一样，藏在地底里再也没有人去打开。没有人能打得开。

银子不再说什么，她接过了老凤仙的梳子梳头，她很认真地帮老凤仙梳着头。梳着梳着，老凤仙却一把拉住了银子的手，轻轻地说，银子，你一定要找个好人家，别苦了自己。

听到这话银子的鼻子里就一阵阵发着酸，老曲那条贼船是不能再上了，但是她始终不能忘掉老曲，和老曲身上糖醋排骨的气味。

黑夜来临了，白雪掩盖下的丹桂房村突然亮起了无数的红灯笼。因为吕桂花怕电，所以云庭只好借来了很多的红灯笼。如果你是一只在雪夜飞过的大雁，你一定会看到白茫茫之中的一丛红光。划拳和吵闹，以及鼓乐的声音，远远地传了过来，你甚至能在声音之外闻到菜香。那是大厨老曲的功劳，现在，让目光沉降，我们看到的是一个老女人，坐在大屋的最上首，她不停地喝酒吃肉，咯咯咯的笑声异常响亮。她就是著名的老媒婆老凤仙。

银子就坐在老凤仙的身边，她不太说话，只是不时地笑笑。她看到了幸福的云庭和吕桂花，这对加起来只有三只手和三条腿的新人，正在挨个给亲朋好友们敬酒，分糖，点喜烟。她又看到了穿着回力牌白球鞋的牛皮，他不时地把目光投向自己刚换上的白球鞋，美滋滋地笑笑。然后她又看了看老凤仙，老凤仙居然伸出鸡爪一样的老手，和几个强壮的男人们划着拳。输了她喝一盏酒，赢了她就开心得像小女孩一样拍着手尖叫起来。

这是一个被欢乐充斥了的夜晚。老凤仙的脸色一片酡红，她喝得兴起了，停止了划拳，竟然用漏风的声音唱了一曲《梁祝》。她唱，书房门前一枝梅，树上鸟儿对打对；喜鹊满树喳喳叫，向你梁兄报喜来……大家都鼓起了掌，老凤仙索性站了起来，她那锦缎的棉袄在红灯笼的光芒下，异常的鲜艳。

老凤仙唱，弟兄二人出门来，门前喜鹊成双对。从来喜鹊报喜讯，恭喜贤弟一路平安把家归。接着她又唱，梁兄你花轿早来抬。

银子望着老凤仙的样子，突然就流下了眼泪。她非常希望老凤仙一直都能这样开心。银子走出屋去，屋外仍然在飘着雪，只不过雪已经小了，零星得像头皮屑一般。银子去了一趟茅房，她想，这是她做成的第一百个媒，她也要喝一点酒，她要高兴一些，她要和老凤仙一样兴奋。当她回到大屋的时候，却发现老凤仙不在了。

老凤仙呢，老凤仙去哪儿了？银子问着身边的人。身边的人摇了摇头，说，不知道。又说，会不会去茅房了？

银子就坐了下来喝酒，她也和人划拳了，她也和人拼酒了，但是她不会唱越剧，她最多只能用尖细的声音划划拳。看上去她已经有些醉了，在她的醉眼蒙□里，看到云庭拿着一双新皮鞋，一摇一拐地和吕桂花一起向她走来。鼓乐的声音又响起来了，银子知道，这是新人要给她送红包穿新鞋了。

这时候，银子好像愣住了一样，大家都奇怪地看着她。银子想了一会儿，突然像一只被人追捕的野兔一样蹿了出去。在这个南方村庄的冬夜雪地上，一只矫健的兔子在快速奔跑着。奔到半路上的时候，她听到了积着雪的柴草堆旁边，一个婴儿的哭声。银子停了下来，银子抱起了那个包在"蜡烛包"里的婴儿。那是一个被遗弃的女婴，上面还留着一张纸条。女婴的名字叫小银，仿佛就是为银子送来的。银子抱起了女婴，向着自己家的院子狂奔。她的身后，跟着一串人，大厨老曲，新人云庭、吕桂花，还有穿着白球鞋的牛皮，以及村子里很多的人。他们手里都提着灯笼，远远地看过去，像是一团团火在奔跑。

　　银子撞开了院门，她看到了院子中间，放着一把太师椅。院里的灯光开亮了，老凤仙就在太师椅上端坐着，些微的灯光，洒在她积了薄雪的身体上。她的左手握着一壶酒，右手握着一只鸡腿。她的嘴里塞满了鸡肉，脸上露出了笑容。

　　银子一步一步地走向了老凤仙。身后的人拥了进来，他们把院子围得水泄不通。银子把手里的女婴交给了身边站着的吕桂花，然后慢慢跪了下来。银子跪在老凤仙的面前，轻声说，凤仙，凤仙，老凤仙，你不是还有八颗牙齿吗？你不是说要等八颗牙齿全掉光了才死吗？老凤仙没有理她，仍然面露笑容，很快，她身上的积雪越来越厚了。银子又说，老凤仙，老凤仙，你还记不记得，四十六年前，你就在一堆柴草边捡到了我？你说那时候，你就知道你既然有了孩子，恐怕就不会有男人了。

银子环视了一下四周，她没有哭，她一点儿也哭不出来，她大喝一声，老曲，你给我打一盆热水过来。

老曲飞快地打了一盆热水递给银子，银子放下了水盆，脱掉老凤仙的鞋子，给老凤仙洗脚。银子说，老凤仙，这水热的，你舒服了吧，你得意了吧，你在心里咯咯咯地笑了吧。银子洗完了脚的时候，老曲已经在旁边准备好了干净毛巾，那是云庭送给他当厨师的谢礼的。老曲轻声说，让我给她擦行不行，你让我给她擦行不行？银子点了点头，她突然想到，老凤仙没有儿子，也没有女婿。如果一定要算的话，那老曲可以算她半个女婿，因为银子曾经上过老曲的贼船。老曲认真地替老凤仙擦干了脚。银子的手一伸，云庭忙把手中紧紧握着的，本来是要给银子穿上的皮鞋递了过去。这时候，银子看到老凤仙的小本子从她的袋里掉了出来。

银子翻开了小本子，看到了本子上老凤仙的九十九个媒。银子说，谁有笔，谁借我笔？

有人给她递上了笔。银子很认真地添上了一笔，然后说，妈，云庭和吕桂花的媒，算是你做的。你圆满了。你做了一百个媒了，你还是比我先做到第一百个媒。

接着银子接过云庭手中的鞋。

银子说，大媒先生，我把鞋子给你穿上。

银子抱着老凤仙的脚，把一双新鞋给老凤仙穿上了。

王月亮说，大媒先生，你下地走走，看合不合脚？

老凤仙没有能站起来，她直直的目光，一直望着院外。院外的远处，就是南山。南山被雪掩埋了，南山的树草和动物，全部生活在雪的下面。银子轻声说，妈，这鞋不错，是牛皮的。银子本来一直都不想哭的，但是这时候吕桂花怀里的女婴突然大哭起来。于是银子的眼泪也滚滚而下，银子抹了一把眼泪，她仍然坚强地说，妈，我没有哭，主要是孩子哭了。孩子的名字，叫小银。

雪开始慢慢大了起来。雪越来越大了，像一片片鹅毛。老凤仙的眉毛、鼻子、嘴巴上都落满了雪，银子知道，用不了多久，雪就能把老凤仙整个的掩埋。这时候，人们把灯笼都高高地举了起来，在红色的光晕里，大雪压境，它们从四面八方呼啸而来，来势汹涌，转瞬之间，就盖住了丹桂房村整个的冬天。

「我少年时期的烟花」

1

　　我能把地趟刀练得虎虎生风，只见影子不见人。我把刀法练得这么好，完全是因为杨梅。杨梅是小城里的头号美人，她和她妈来自秦城。我记得她们进城的时候，我正在护城河边洗脚。说洗脚，也不完全是洗脚。我只是坐在河边的一块石头上，把脚伸进河水里像钟摆一样晃荡着。对了，是明晃晃的夏天，那些白花花的光很耀眼，让我的眼睛无法完全睁开。这时候，我的一只塑料拖鞋被河水冲走，于是，我开始在河水里飞奔。

　　那只拖鞋像一枚树叶，在河面上游手好闲地漂荡。我想象我像电影里的侠客施展轻功一样，在河面上不停地用脚尖点一点水。我喜欢那样的感觉，那么明亮的河面，在我的身下铺开。我想，飞鸟一定也有这样的感觉，我的胸里装下了整条护城河。而事实上我的姿势笨拙，脚板重重地落在水里，溅起大片的水花。我终于气喘吁吁地追上了拖鞋，一把抓起紧紧抱在怀里。然后，我就看到了一辆牛车，牛车在护城河的岸上缓慢行进，牛车上坐着杨梅和她的妈妈。我的目光笔直地投在杨梅的身上，我一下子就爱上了她。

我爱上她的时候，是十三岁的夏天。我站在护城河的水里，差一点无法呼吸。

杨梅每天都要去长弄堂的四眼井提水，她走得缓慢而沉稳。我和那些少年伙伴们一直跟着她，看她提着两桶水回来。她和她妈住在马堂弄，很快，马堂弄就热闹起来。一些愣头青会骑着自行车，拼命地在她家门口摇响铃声。杨梅成了小城的头号美人，她的美曾经引起两帮少年在护城河边互殴。他们先是为她用的什么牌子的牙粉而争论，后来才知道，她已经用上了环球牌的牙膏。我们都喜欢看着她嘴含泡沫在门口刷牙的样子。她知道我们在看她，但是她不理会，就像我们是影子，或者连影子也不是，根本就是一团空气而已。

我们无法靠近她，是因为我们不敢靠近他。我们中的每一个人，没有一个敢上前和她说话。但是我们都想引起她的注意。杨梅去长弄堂提水的路上，有一个叫作三十六洞的泄洪闸，闸门有三十六个，一字排开。闸门口是比较空旷的操场。我们在那儿习武，每当杨梅经过，她总会听到嗨哈声响成一片。但是杨梅从不往我们这儿看，这比较令人失望。失望归失望，我们照练不误。我练的是爷爷传给我的地趟刀，爷爷说那也叫懒汉刀，基本就是躺在地上，滚挪腾跃，出拳出掌出腿出刀。爷爷说，你首先得把自己练成一团人影，那就叫快。爷爷说，快才是无敌的。于是，为了杨梅有一天能看到我人影一样的刀法，我咬着牙往死里练。每天早上四点，我就起床，憋一泡尿练上三小时。爷爷说，憋尿练武那才能长功力。

据说杨梅妈是破鞋，不知道这是从哪儿传过来的说法。杨梅妈长得挺好看，她待在家里不太出去，比较喜欢听收音机里播苏州评弹。她家的门总是半掩着，每次我借故从她家门前经过，总是能看到半扇门里面的半扇墙，以及半扇墙上的半幅画。画上画的是《红灯记》，李铁梅在画中苦大仇深。有一天，我被评弹的声音所吸引，站在了那半扇门前。一个声音传出来，说，你进来。

我走了进去，看到了杨梅妈。那时候我很想叫她一声妈，是因为我自己没有爹和妈。我爹妈有一次在制作火炮的时候，不小心被炸成了无数只四处飞翔的小鸟。杨梅妈的手里，突然多了一只铁盒子，铁盒上画着一个女人。杨梅妈打开铁盒，我看到盒子里躺着安静的一群牛皮糖。杨梅妈抓起一把牛皮糖放进我的手心，说，你叫什么名字？

我望着她，好久没有说话。

她又说，你叫什么名字？

大家都叫我海皮。我说。

她想了想，合上了铁皮盒说，海皮好，海皮好。

然后，我就在评弹的声音里，离开了杨梅家。杨梅妈偶尔出门的时候，总会有一些嬉皮笑脸的男人拦住她的去路，说一些比较疯狂的话，大意是要把杨梅妈给收拾掉。杨梅妈不恼，只是微笑，就这样面对面地僵持半天。有一天，老三动手了，老三伸出手去想要摸一把杨梅妈。这时候杨梅妈微笑着抬起了手，她的拳头越握越紧，一些鲜血顺着她的掌沿往下掉，一会儿那些血凝成了面条一般，一条条挂下来。老三一下子愣住了，他看到杨梅妈把手掌缓慢地摊开，鲜红的手掌中间是一堆细碎的玻璃。杨梅妈轻声说，你让开。老三愣愣地让开了，愣愣地看着杨梅妈缓慢地前行。杨梅妈一边走，一边从掌心里滴下血来。从此，没有人再敢拦住杨梅妈。

后来我听说，杨梅妈是对男人深深失望的。杨梅妈嫁了老公，但是她不喜欢这个经常喝醉酒的男人，她讨厌从这个男人每一个细胞散发出来的酒味。后来她和一个小学语文老师好上了，但是在一次不大不小的地震中，语文老师从床上一跃而起，扔下床上的杨梅妈飞快地跑了。是杨梅妈的老公，奋勇地冲进屋内，用毯子一把卷起杨梅妈，把一丝不挂的她从摇晃的屋里抱了出来。他们刚离开屋子，那间不高的平房马上就塌了，灰尘高高扬起来。杨梅爹把杨梅妈扔在地上，掏出酒壶仰起头猛喝了一口。这时候杨梅妈觉得自己的老公很像男人，但是她还是选择了离开秦城。她觉得她不能和老公待在一起，然后，她和女儿就出现在唐城。那个语文老师后来来找过她，她盯着小学老师的脸看了很久以后，才迷惘地说，请问您贵姓？

我一直想不起来这是谁告诉我的，但是我仍然比较认同这样一个说法。我认为杨梅妈大概就是这样的一个人。然后，有一天我看到杨梅站在护城河里洗衣，她的一件花格罩衫被水冲走。那时候我看到她的小白腿肚在水的波影里一晃一晃的，她尖叫了起来，说，啊。我就在她的尖叫声里再一次飞奔，我相信我奔跑的速度就是风的速度。我踩着一大片的水，一会儿我的身子就被溅湿了。湿的我把湿的衣服托在手心，一步一步地走向了杨梅。我的心情因此激动，两眼不错眼珠地盯着她看。她收起了衣服，竟然没有说谢谢。我怀疑她可能没有看清我长什么样子，她只是长长地吁了口气用手拍着胸口说，还好还好。

　　这一次在河里的飞奔，让我的脚板被河底的尖石划开一条口子。躺在院子里的石条长凳上，我爷爷为我上草药。他把草药嚼烂了，仔细地敷在我脚底的伤口上。我感到一阵一阵的热，从脚心往上涌。爷爷叹了一口气，挥手拍了拍我说，你还小呐。

2

　　杨梅像一个巨大的磁场吸引着我。我每天清晨四点起床，憋一泡尿练武。春天已经来临，我和少年们在三十六洞泄洪闸练武的声音震天动地。我觉得春风灌进了我的身体，我的力量就再也用不完了。每一次跺脚，踢腿，冲拳，挥刀，都掀起呼呼的风声。杨梅提着一对空荡荡的水桶，从三十六洞经过的时候，我练得更起劲了。我微微泛黄的短袖粗布褂子已经被汗水打湿，我相信我的双颊一定通红，脸上布满汗水，但是我精神抖擞。可是杨梅从来不看我一眼，这让我无比失落。我爷爷提着一只蛇皮袋，没事的时候他喜欢去捡垃圾。他提着蛇皮袋在不远的地方看着我，又看看从我身边目不斜视经过的杨梅。爷爷终于摇了摇头叹口气说，小子唉，那是你姐。

对了，我们这座小城，叫唐城。

那就先说说唐城吧。唐城是地球上一个普通的仰躺着的小得不能再小的县城，家家有围墙，每一个小院错落有致。别的县城有的红旗路和胜利路，我们唐城也有；别的县城有的水泥线杆和拖拉机，我们唐城也有；别的县城有的影剧院和新华书店，我们也有……别的县城没有的火药的气息，我们唐城还是有。

唐城家家户户都做花炮和烟火。我家就是花炮世家，我爷爷做的花炮威猛而有劲道，看上去比他本人蔫巴巴的样子强多了。唐城一年一度的烟火大会就要临近，我爷爷抛下了手中那只蛇皮袋，他开始抓紧时间制作一组叫作"地动山摇"的花炮。我爷爷是一个有趣的人，他疏于练习地趟刀，但是每天早上起来后，却会在院子里倒立着走一会儿路。他的意思是，要让血反方向流一流。他最喜欢的是去偷磨豆腐的张寡妇家院子里的葡萄，我知道他不是为了吃葡萄，而是为了爬围墙，并且能听到张寡妇的几声骂。我爷爷估计就是电视里的老顽童周伯通，不仅会武功，而且还不太爱长大。

县城里头还有一个人叫唐阿斗，唐阿斗熟读四书五经，就是脸长得比较扁平，像一张麦饼。在背地里，我经常叫他唐麦饼。他时常带着一双人造的大翅膀去爬山，爬到县龙山上，又用那双大翅膀把人带起来，从山顶往山坡下面飞。飞得好的时候，他就像一只笨拙的鸟。飞得不好的时候，他就不小心撞在石头或树上了，撞得鼻青脸肿的样子。但是这没有影响他飞翔的热情。他说，这对人造翅膀叫滑翔机。他还不时地从外边带来一些花边新闻，他说起这些新闻的时候，总是声音沉重，好像都是不好的消息似的。而事实上，有好多喜事，也被他说成一件郁闷的事。他还是县城里第一个有摩托车的人，他的摩托车也是自己造的。他还会测气象，种蘑菇，还有一架飞艇。那飞艇也是他自己造的，经常在唐城的上空盘旋。我们抬起头的时候，总是能看到飞艇上写着的四个大字：唐城一号。他背着一副硕大的望远镜，站在飞艇上像军事指挥家一样用望远镜向四处张望。我一直认为他比县长还牛，而事实上他的理想是坐着飞艇横跨英吉利海峡。他家点灯用的电，是后院挖出来的沼气坑生成的。尽管有一次沼气爆炸，差点把他的房子给掀了个底朝天，但是他仍然奋不顾身地一次次地做着科学实验。他不喜欢像唐城人那样练武，他说那是野蛮，他说，你们练出一堆肌肉疙瘩给谁看？

唐阿斗一直认为他是文明与科学的。他的特立独行吸引了杨梅，杨梅经常穿越人群，提着一双空水桶去他家找他。杨梅的目光是笔直的，不会打任何的弯，无限深情地落在唐阿斗家的小院子上。有一次，杨梅竟然给唐阿斗提水了，唐阿斗坐在院子里鼓捣一组发动机，他又在搞什么科学实验。他搓搓手说，杨梅，水缸里没有水了，你去给我提两桶水来。杨梅很听话地去提水了，她走路的样子甚至有些兴高采烈。她的骨头轻引起了我的不满，她怎么可以那么轻易地去为一个男人家提水呢?

看来杨梅是真正地喜欢上他了。那时候我明白了一个道理,女人比较喜欢那些会动脑子的人。杨梅经常性地把一对空水桶放在院子里,那是她溜出家来用的道具。然后她在唐阿斗的家里认真地翻书,有时候也喝唐阿斗泡的工夫茶。唐阿斗有一只蛤蟆造型的茶宠,那是一只差一点儿成精的茶宠。从蛤蟆张开的嘴里,隐约能看到袅袅的茶气。而据唐阿斗自己说,这个蛤蟆在喝足了茶以后,是能发出呱呱的叫声的。

唐阿斗对杨梅并不十分在意。唐阿斗在意的是他的科学实验,他说要把实验的所有成果去注册,那样的话他就能拿到专利证。按照他的说法,有了专利证,他的下半辈子几乎可以躺在专利证上坐吃山空了。但是在我的眼里,他就是一只蛤蟆,可是这只蛤蟆一点也不在意杨梅这只天鹅。杨梅却在意他,不仅为他提水,还为他劈柴,甚至她开始用毛线为唐阿斗勾一副手套。这段时间,唐阿斗成了我们这批少年的眼中钉,我们希望他被花炮弹上天去,或者他像一团水蒸气一样突然蒸发掉。那样的话,杨梅又属于我们大家了,杨梅去提水时的背影,会被我们贪婪的目光平均分配。

杨梅妈来唐城以前，就是秦城里头制作烟花的高手。唐城的烟花大会就要来临了，来临以前，杨梅妈天天把自己关在屋子里钻研如何生产烟花。有好几次为了看杨梅一眼，我借故经过杨梅家的门口。门仍然半掩着，李铁梅仍然在她家墙上的画纸里苦大仇深，评弹的声音仍然不知疲倦地从收音机里传出来。但是，我却没有听到杨梅妈召唤我吃牛皮糖的声音。屋子里看不到人影，让人觉得后背升起一股凉意。杨梅妈制作的烟花，是唐阿斗取的名。唐阿斗取的名叫作"桃花劫"。就这三个字，赚去了杨梅家一碗阳春面。这是一笔相当高的稿费了。杨梅把唐阿斗拉到了家里，说，妈，妈，阿斗他给你的烟花取名桃花劫，我们一定要好好地谢谢他。

杨梅妈的声音不冷不热，桃花劫不劫并不重要，重要的是在大会上露脸。

杨梅说，怎么不重要？阿斗说了，一个好名字，就等于一个好商标。

杨梅妈哼了一声，一个好商标能当饭吃？

杨梅说，阿斗说了，商标当然能当饭吃，智慧也能当饭吃。

杨梅妈又哼了一声说，骨头轻，不知道几斤几两了，管好你的腿。

杨梅说，我才没骨头轻，阿斗说了，人是由 206 根骨头组成的。

杨梅妈没话说了，只好把收音机的声音开大。在越来越响的评弹声里，我看到杨梅做好了阳春面，把面条端到唐阿斗的面前。唐阿斗不客气地拿起筷子就吃，而且吃得声音响亮。他一抬头的时候，看到了我在东墙的窗口向里张望。其实那格子窗只允许我露出一只眼睛，但是，我看到唐阿斗抬起了头，他朝我的一只眼睛笑了一下说，你，好好练武。

唐阿斗的话非常简洁。我却大吃一惊，他怎么认得我的？就算他认得我，怎么只看了我的一只眼睛就知道是我了？有一句话叫秀才不出门便知天下事，我突然明白，唐阿斗所拥有的那种叫智慧的东西，实在太可怕了。

3

在我们唐城，还有一位年轻有为的企业家，才二十多岁，就已经是远近闻名的资本家了。他向居民们收购花炮和烟花，然后贴上自己印的商标。他说他的商标是工商注册过的，商标叫作"巨威"。这是一个比较雄壮的名字，让我们都觉得这个名字响亮气派。对了，他的名字叫唐威，是一个瘦弱白净长相比较好而且双眼精光四射的年轻人。我怀疑他是练过内功的。

唐威愿意收购我爷爷研制的"地动山摇"。他为了接近我的爷爷，竟然厚颜无耻地叫我爷爷为姥爷。我的脸上感到红一阵白一阵的，因为我知道我爷爷是没有女儿的，但是我爷爷突然多了一个外孙。为了接近我爷爷，唐威无数次地给我爷爷带来了牛肉和酒，还经常性地陪我爷爷喝酒。有一次在院子里他们对喝，有一句话让我足足三天咽不下饭去，他说，姥爷，你的武功已经超过黄飞鸿了。

唐威其实也是喜欢杨梅的。好多次他提出要给杨梅提水，但是杨梅不喜欢让他提水。杨梅不喜欢他的理由有些奇怪，说一不喜欢做生意的人，二不喜欢长得太好的人。这时候我突然想，原来唐阿斗长一张麦饼脸，也有长麦饼脸的好处。

烟花大会的日期，跟麦收的日期是差不多的。那时候，所有的牛车和拖拉机，都开出了县城。唐城是个半工半农的城市，所有的学校、农机厂、纺织厂、供销社、煤饼厂、国营和私人的花炮厂等单位，都放了农忙假。那些麦子们，在近郊的田地里搔首弄姿。它们的身子骨里，已经灌饱了麦浆。我相信它们是在田野里呐喊的，那些铺天盖地的喊声，汹涌着像海浪一样翻滚。麦子很快被收进了，迎来了短暂的农闲。于是，烟花大会如期举行。那时候的三十六洞操场上，每天都弥漫着硫黄的气息。

我仍然每天在这硫黄的气息里练刀，咬紧牙关，把地趟刀练成一团影子。我巡着场子踢腿，反剪双手把一腿又一腿踢过头顶。雾蒙蒙的清晨，练武的人突然减少了许多，这让我一个人的晨练显得孤单而漫长。我的眼前，时时地浮起杨梅的影子。我深信杨梅在看着我，或者总有一天会看着我。我踢腿的速度越来越快，后来我终于喊叫起来，不停地在场子中间翻跟斗，越翻越快……

烟花大会所有的参赛者都拿出了看家本领，经过数轮淘汰，最后要对决的是我爷爷和杨梅妈。那个被路灯光映照的夜晚，三十六洞挤满了人。空旷的场子里，我爷爷和杨梅妈面对面站着。我爷爷可能有点儿感冒了，他不停地吸着鼻子，而且不时地拉拉老是要往下掉的裤子。我知道他的皮带是捡来的，但是，当初他从蛇皮袋里拿出皮带的时候却骄傲地说，看，这是牛皮的。

我说，牛皮的给孙子用。

我爷爷想了想，最后还是围在了自己的腰上说，孙子的好日子还长着呢。

现在，我爷爷的腰被一根高级的牛皮温暖地包围着。地上，已经摆了两圈花炮。花炮的顺序，错落有致。我爷爷唾沫纷飞地大吼一声，海皮，给你爷爷长脸的时候到了。

我扎紧腰带，一身短打，粗布褂子是新洗过晒干的，上面还残留着阳光的气息。我的手里，突然多了一个火把。我爷爷点亮了火石，引燃了火把。在火把的燃烧声里，我看到了杨梅妈站在对面向我笑了一下。我突然觉得，杨梅妈怎么像一个亲人似的。

我爷爷又大喝一声：地动山摇。

我开始挥舞火把，把火把当成了我手中的一把宽刀。这是一场眼花缭乱的刀影，火把的影子像一头上蹿下跳的松鼠。一个引线烧燃着了，发出了一声巨响。这个声音呼啸着飞上天空，又在空中引发无数巨响。踢腿，腾跃，然后一个地滚翻，火把又触到了另一根引线。呼啸的声音再次响起，接二连三的巨响，震碎了天空。这样的声音，像排枪，像从天边滚过来的雷声，一阵急似一阵，纷至沓来。这声音压得人纷纷弯下了腰，低下了身，然后慢蹲下去，捂着耳朵，却又抬眼望着天空中。仿佛那声音是一尊从天而降的神。

最后一式，我收了势。脸不红心不跳，火把刚好点完。我看到孤独的掌声响了起来，那是对面的杨梅妈。她的眼睛弯了起来，像初一的月亮。但是她的眼睛里藏了好多的笑意，那时候我想，要是她是我妈该有多好。她的掌声过后，成群结队的掌声仿佛醒了过来似的，蜂拥而至。我爷爷也大吼一声，孙子，你替爷爷长脸了。我爷爷一高兴，马上就倒立起来，双手走路。

这时候，天空中突然蹿出两道亮亮的烟花，像箭一样射向夜晚的云层。烟花照亮了每一个人的眼睛，我们都看到了一乘花轿，在这瑰丽的亮光中，由八个汉子抬着一乘花轿，轻捷地像一条船一样，慢慢地驶了过来。花轿在操场中间停住了，刚才"地动山摇"的硫黄味和硝烟还没有散尽，轿帘打开，杨梅穿着旗袍走了下来。

她的手中，执着一道弯火。我不知道那弯火是一根藤，还是一条什么东西，总之那些火光就在弯弯地温软地燃烧着，像一根火鞭子。我看到所有人的目光，都落在了浅笑的杨梅身上。杨梅不穿碎花衣了，杨梅不提着一双空水桶了，杨梅穿着旗袍不像是唐城的人了。

杨梅妈笑了，她朝杨梅点了点头，只说了两个字：丫头！

丫头杨梅笑得跟妈一模一样，一双眼睛也是弯的。她的手慢慢举了起来，这时候我们才看清，轿顶上插着一枝醒目的桃花。杨梅的手轻轻挥动着那根火鞭，在我的眼里，这是一组慢镜头。我睁大了眼睛，看着那火苗慢慢掠过去。那一枝桃花上，或许是有着许多细小的引线的。然后，"嗤"声响起，无数桃花次第开放，一地的光辉。这时候，三十六洞操场就像是三月的桃花岭，像突然而至的在一个夜晚降临的春天。

又是两组烟花腾空而起，直插进云的最深处，然后缓慢地像降落伞一样没有规则地下落。我知道这是一组照明，让我们抬头的时候，看到了满眼的亮光。那根火鞭在杨梅的手里，又蛇一般游动起来。花轿顶上的四个角，又蹿起四个火球，升空而去。而轿杠上，布满了密密麻麻的引线。

这才是一场盛大的桃花盛会。桃花从天上落，从旁边开，从四处升腾和蔓延。春的气息从四面八方逼近，人们的脸上映着桃红。我怀疑他们停止了呼吸，他们的嘴半张着，看那飘动的桃花在身边落下。

热闹的桃花终于慢慢凋谢。最后一朵硕大的桃花，从遥远的天边清冷地落下来，慢慢栖在了杨梅穿着的一双缎面鞋上。那花在鞋面上开了好久，然后冷却，却没有烧着鞋面半点，倒像一滴长久的眼泪一般。一切都安静下来了，人群中没有传来掌声。我看到了杨梅妈的微笑，她的左腮上挂着一滴泪，也像是一小枚桃花。人群开始慢慢地退开去，像一盘缓缓散去的沙子。他们的头低垂着，好像是心里难过似的。我突然明白，烟花大会的状元已经出来了，状元是杨梅妈。掌声一点都不稀奇，一场"桃花劫"让好多人难过。

我搞不懂人们为什么难过。我只看到我爷爷比较沮丧地在地上坐了下来。这时候杨梅转过了身，轻声说，我知道，你叫海皮。然后她就跟着她的妈妈一起走了。一乘小轿，仍然由八个轿夫抬走。空旷的地上，我和我爷爷一直坐到东方露出鱼肚白。我们都抱着膝盖，好像是在促膝谈心的样子。后来我说，你别难过了。

我爷爷没有说话。我推了推他，才发现他原来是坐着睡着了。我哭笑不得，站起身来，抬头看到了启明星，非常明亮地挂在天上。我活动了一下筋骨，然后把地趟刀练得风生水起，嗨哈之声传出很远。一片片的刀光，像是冒着白泡层层叠叠的海浪。

我知道我的身影是比较孤独的，我的出拳、出刀和踢腿是比较有力的。我知道，一场烟花大会结束了，我对杨梅的爱却没有结束。

4

杨梅妈获胜的结果，是让很多人都找上门来想买她的专利。唐城县广播站的毛艳艳还找上门去，在充满评弹的屋子里和杨梅妈商量着采访的事。杨梅妈在织一件毛衣，她轻笑了一下说，找我女儿去。

所有的厂家找的也是杨梅，他们都要求和杨梅签合同。杨梅喜欢为唐阿斗提水，她总是在提水的途中被人拦下。杨梅有些生气地说，别烦，我提水呢。但是那人却说，只要你把你们家的烟花卖给我，或者是让你妈到咱们厂当技师。不要说提水，我帮你把长江水引到你的院子里来。

杨梅没有理睬。她要理睬的只有一个人，就是唐阿斗。唐阿斗在他的小书房里哈哈笑了起来，笑得有些肆无忌惮。唐阿斗说，我就知道你这个"桃花劫"会赢，知道这是为什么吗？是因为智慧，智慧能让人胜利。

唐威也找到了杨梅。在唐城唯一有三层楼那么高的酒店里，唐威请杨梅吃最好的菜，喝最好的酒。唐威说，只要我愿意，我可以把这个酒楼都买下来。现在，我要的就是和你的合作，我要"桃花劫"。杨梅没有吃多少菜，杨梅其实在心里惦念着正在搞科研的唐阿斗。因为唐阿斗曾对她雄心勃勃地宣称，他想研制一种可以让房子冬暖夏凉的建筑材料。杨梅就憧憬着这样的房子，她很想住进去，再为唐阿斗生下一个小科学家。那样的话，他们家的人，住冬暖夏凉的房子，用沼气发的电，还可以坐飞艇在唐城上空盘旋。杨梅这样想着，就露出了幸福的笑容。她只看到唐威的嘴巴在不停地动着，还顺带着在口角边吹起了许多的白沫。唐威以为杨梅是对着自己微笑，他讲得更欢了，两片嘴巴像抛上岸的金鱼嘴一样，一张一合。

现在，我必须要交代一件轰动了唐城的事件。这天晚上唐威并没有签成合同，但是唐威却喝多了酒。唐威用那辆破旧的皮卡车送杨梅回家，车子却开到了鸬鹚湾再往里的一片芦苇地。具体的细节，没有人说，也不会有人知道。我只知道的是第二天传遍唐城的事，唐威想要杨梅，杨梅不从，唐威就硬生生地在酒精的鼓励下，把杨梅在芦苇地里给做了。这天清晨，我照例在三十六洞勤奋练刀法，却没有看到一个女子晃荡着一双水桶经过。当我听到这个消息的时候，已经是中午了。我看到城关派出所的所长王四季亲自开着一辆油漆剥落的三轮摩托来找杨梅了解情况。

唐威是主动投案的，据说他投案的时候，天还没有亮。他等在派出所门口，一直等到日上三竿，派出所才开了门。唐威一下子跪在了泥地上，一言不发。刚刚来上班的王四季还打着哈欠，扣着警服的扣子。王四季看到唐威这副样子后，就知道唐威出事了，他绕着唐威走了一圈，然后说，女人吧？

唐威点了点头，眼泪随之挂下。他把双手高高举起来，意思是让王四季给他戴上手铐。王四季叹了一口气，用手指头在唐威的额头上点了一下说，小唐不是我说你，你都那么大个人了，唉。唐威只是喃喃地不停重复四个字，她太美了，她太美了。

那天中午我冲出了院门。爷爷的老眼昏花中，我手提钢刀像一支突然射出院门的响箭。我跑到了此时已经空无一人的三十六洞大操场，嗨哈之声响了起来。踢腿，冲拳，挥刀，矮身，扫堂腿，再出腿，那些日光之下干燥的尘土飞扬起来，很快把我的身体包围。我的喊声穿透了这些灰尘，我知道我的眼泪和汗水在一起奔涌，我就是一头疯狂的被枪打伤之后的野猪。

一个落雨的清晨，我撑着一把油纸伞故意经过杨梅家的门口。门依然半合着，苏州评弹的声音，像不是从屋里飘出来似的，像是从天上掉下来，夹在雨里受了潮一般。雨打在伞布面上，发出的声音有些响亮。那些雨滴和檐水飞溅，透过雨阵我看到了隔着一张桌子面对面坐在长条凳上的王四季和杨梅，以及靠在墙上抽烟的杨梅妈。那些烟雾顽固地缠绕着，挡住了我的视线，让我不能真切地看清杨梅妈的脸。杨梅妈暴怒的声音却突然响了起来，王所长你有没有问完？你没完没了地问这些事情干什么？王四季显然是被吓了一跳，他飞快地合上了笔记本，苍白的脸上耷拉下一缕头发来。王四季站了起来，他看了一眼依然坐在长条凳上，面含微笑的杨梅，无言地向门口走来。走到门口的时候，看到我撑着伞挡住了去路，他冷冷地说，海皮你给我起开，你给我滚远点，不要妨碍我执行公务。

王四季走了。他在马堂弄的身影慢慢消失，像是走进了一个遥远的年代一样，被一种强大的吸力突然吸走。而几个女人在弄堂的另一头出现了，她们都撑着伞，迈着整齐划一的步子，向杨梅家走来。她们看了我一眼，然后都收拢伞，甩了甩伞上的积水，走进屋去。她们是来安慰杨梅母女的，我看到杨梅妈依然在抽烟，杨梅依然坐在长条凳上微笑着剥手指甲。我看到了那对孤零零的水桶，已经很有些天了，这对水桶没有为唐阿斗提过水。评弹的声音仍然在雨中落下来，我听见了杨梅妈很轻的一句话。杨梅妈的声音中透着疲惫，她说，你们都给我出去，我们家不需要安慰。

几个女人显然是愣在那里了，她们一言不发，脸色很难看的样子。但是，她们却没有起身离开，在很长的一段时间里，我闭上了眼睛，能听到的是想象中的雨声，越来越大，掩盖了评弹的声音和世界上一万种的声音。雨声像潮水一样倾倒过来，我害怕这种声音会把我的油纸伞压破压折，我的嘴唇哆嗦了一下，转过身，缓缓地离开了马堂弄。

在马堂弄的弄堂口，我见到了衣服湿答答的唐阿斗。他正爬在一架小巧的杉木梯子上，往墙上贴一张海报。他的身边围了好多人，等贴好了海报，唐阿斗中气十足地说，大家看看吧，谁要是再去惹杨梅，我一定用新式武器把谁家炸成平地。唐阿斗说完，不再言语，扛起梯子就走。人群里的男人们开始骚动起来，他们的意思是，谁让杨梅长得那么美，她要是长得像马堂弄里的桂枝矮婆，那还会有这样的事发生吗？她要是嫁给唐威，唐威也用不着去投案自首。再说，唐威有的是钱，娶十个老婆都没问题。

我离开了人群，耳朵里老是轰鸣着唐阿斗用新式武器把某户人家给炸平时的巨响。我想象那仍然是一个雨天，爆炸声起，灰尘弥漫起来，然后没多久，就被雨水淋灭，一切恢复平静。

接下来，在唐城发生的两件事，仍然是谁也没有想到的。第一件是，城关派出所所长王四季竟然在把杨梅叫出去问话的时候，把杨梅给按倒在了地上。杨梅咬掉了王四季的半只耳朵，王四季被公安局抓了进去。第二件事是，杨梅竟然把自己的脸给炸了，她亲手制作了一枚小小的烟花，带着烟花到了护城河边。在这个雨季绵长的日子里，护城河一直都是被雨淋湿的。人烟稀少，让杨梅成了空旷之中的一棵随风摇摆的小杨柳。杨梅划亮了火柴点燃引线，嗤的一声，那些烟花直直地扑向了杨梅的脸。杨梅没有喊叫，也没有流泪。当她把脸抬起来仰向天空的时候，是一张密布着无数细小血珠的脸。

唐阿斗是在第二天走进杨梅的病房的。唐阿斗看到了纱布包着杨梅的脸，他在床沿边坐了下来，手指头不停地敲击着床头柜的柜面。那时候杨梅妈抽着烟，那些烟雾慢慢地飘到了唐阿斗的身边。唐阿斗挥手赶了赶，皱了一下眉头不耐烦地说，你能不能少抽几根？杨梅妈没有理会他，而是把一口烟喷向了天花板。这时候唐阿斗慢慢地把手摸索过去，一下子握住了杨梅的手说，杨梅，我不会离开你。就是卖血，我也会帮你凑医药费。

杨梅在医院里住了七天，唐阿斗就在医院里待了七天。他总是站在玻璃窗前，望着外面的景色，好像在盘算着一项科学发明。杨梅还是感动了，杨梅在拆了纱布以后，流下了热泪。唐阿斗转过身去，看到了杨梅那张满天星斗的脸。但是唐阿斗似乎一点也不在乎的，只是淡淡地说，杨梅，人活着比什么都重要，我会和你在一起的。杨梅感动得差点就要昏死过去了，但是在唐阿斗离开后，杨梅妈却说，孩子这话你也能信吗？

那时候，我就在病房窗外的一棵树上。我觉得我就是一只大鸟，我的目光透过了重重叠叠的树叶，直直地投在了杨梅的脸上。杨梅的那些烫疤已经结痂掉落，有一粒粒的猩红嫩肉在脸上像棋子一样密布。不知道为什么，在我眼里，杨梅仍然是美丽的。我突然开始有一个强烈的愿望，就是希望杨梅能穿上单衫，再次提着水桶经过三十六洞泄洪闸的操场去为唐阿斗提水。那样的话，我一定会准时出现在操场。我发现我好几天没去练刀法了，一直都在医院病房外的一棵树上待着。再不练地趟刀，我怀疑我的骨头会全部生锈。

唐阿斗每天都要去马堂弄，看看在家里养伤的杨梅。杨梅的生活因为一张脸的毁坏，而变得安静得多。她一点也没有为毁容而难过，只要一看到唐阿斗，她的眼睛就会放出光彩。但是唐阿斗在杨梅家逗留的时间慢慢变短，有时候他甚至来不及换下搞发明时穿的吊带裤工装，蜻蜓点水一样在杨梅家稍作停留就匆匆离去，让杨梅有时候都搞不懂他究竟有没有来过。

然后，在初夏的某一天，一个开车的女人从遥远的杭城赶到了唐城。女人把黑亮的小车停在唐阿斗家门口，敲了敲院门。院内传来唐阿斗中气十足的声音：何人喧哗？

女人在院门口笑了，说，我是张艾佳。杭城科达公司的总经理张艾佳。

唐阿斗说，找我何事？

女人说，我想和你谈合作的事，我想和你联合搞科研产品开发。

门咂的一声打开了，唐阿斗穿着吊带裤，两手脏兮兮地出现在门口。他的样子有些激动，说你终于来了，我知道你会来的。不是你，就是另一个人。我知道，肯定会有人来找我的。

女人说，我不是已经来找你了吗？我可以无限量地提供你科研经费。

唐阿斗慢慢把脸仰起来，望着天空说，杨梅，总有一天我要造出翅膀来，我让你飞起来，飞到月亮上去。车头上四个圆圈闪闪发亮。后来我才知道，那车叫奥迪。

女人微笑着，紧紧地抱着自己的双臂，看上去生怕自己的双臂会长出一对翅膀来，并且突然飞走。她说，你真有意思。这时候我穿着粗布褂子，提着一把钢刀一溜小跑地从唐阿斗家院门口跑过。我认为我跑得比较缓慢，像一缕横行的烟。我看到那黑色的车子，乌龟一样伏在唐阿斗家的院门口。

　　这时候，我看到女人站在院子里，有点儿亭亭玉立的味道。她的身材修长，特别是头发，烫过了，像一团从天而降的波浪。那是我见过的最美的城里女人，我呆呆地看着她。我想，那时候我的眼睛一定白多黑少，嘴巴空洞地张开，两手下垂。女人笑了，扭过头去。唐阿斗却说，喂，看什么看，练你的地趟刀去。你以为"地动山摇"了不起？那只是小把戏。

　　这时候我又跑了起来，不再像烟，而是像风。在很短的时间内，嗨哈之声响起，我在三十六洞的操场上，又腾挪又跳跃。我喜欢看那些黄土被我踢起时变成灰尘的模样，我总是幻想着，那些光影其实是由巨大的灰尘组成的。然后，在我缥缈的视线里，一辆黑色的小车歪歪扭扭地远去。小车上竟然绑着两只翅膀。我知道，唐阿斗把他的科研项目和工具，都搬到车上了。把他自己的一张麦饼脸，也搬到车上了。

后来传来消息，那个叫张艾佳的女老板，想要嫁给唐阿斗。

5

杨梅每天都在马堂弄的家门口等待着唐阿斗归来。因为阿斗答应送给她一对会飞的翅膀，所以杨梅每天傍晚都要放一个烟花。这是一种孤独的烟花，腾空而起之后，只开出一朵花，然后像一滴巨大的眼泪一样，落在马堂弄某一边的屋瓦上。

我仍然每天都在练刀，我的地趟刀已经练得炉火纯青了。我爷爷因为再次翻墙进入张寡妇的院子偷葡萄而扭伤了腿，被张寡妇扭着耳朵送回了家。张寡妇说，海皮你看看，你爷爷老大不小的人了，怎么老是爬人家围墙？我爷爷大笑起来说，海皮你别听她胡扯，我是去看她家的葡萄有没有长虫子。这时候我突然感觉到，我已经长大了，已经有人把我爷爷送回来，在我这儿告状了。我故意装出成熟的样子皱了皱眉说，爷爷你怎么老是长不大？

我却长大了。十四岁的春天向我迎面扑来。杨梅已经放了三百六十五个烟花，但是唐阿斗始终没有回来。杨梅开始显得烦躁不安，她经常来到唐阿斗的家门口，坐在院门的门槛上，一坐就是一个下午。她的脸上落下了一个个疤，像极了和尚头上的戒疤，但是我仍然认为她是美的，我总是站在很远的地方向她张望。

一群少午在玩一个破皮球，那皮球软了吧唧地飞向了杨梅，落在杨梅的头上。一个少年捡过皮球，他们突然觉得把皮球踢向杨梅是一件很好玩的事情。杨梅坐在门槛上，她等待着皮球一次次地飞向她。这时候我像烟一样从她面前跑过，我冲向了那群少年，很快一场混战开始了。我说过我们唐城的少年都习武，所以面对那么多的少年我明显处于下风。但是我的力量却像井水一样源源不断，我说你们这群王——八——蛋。我飞踢了几次以后，腾地伏在了地上，像是要从地面发射出去的火箭。这让我想到了西毒欧阳锋的蛤蟆功，但是我这个只是爷爷传给我的地趟刀——况且我现在连刀也没带。我偶尔出拳，偶尔踹击，偶尔扫出腿去击中对方的下盘。这一场混战惨烈，有人掉了牙齿，也有人抱着膝盖在呻吟。我觉得我整个人都肿了起来，发了疯一样地抓住一个人的头发，猛击他的头部。我看到拳面上都是黏糊糊的血水。那群少年大概也知道我已经疯了，在第一个少年开始奔逃以后，一个又一个的少年逃离，最后只剩下我一个人站在唐阿斗家的院门口，嘴巴里却仍然吼吼地喊叫着。我突然发现我的目力已经不同寻常，我竟然看到许多的灰尘在我的喊声中一颤一颤，轻微上扬后又徐徐落下。我还看到一粒倒地的门牙，非常寂寞地躺在不远的一处泥地上。我能想到它飞出口腔时的慢镜头，几丝血的伴舞下，它的弧度优美。

我又吼了一声，这时候杨梅的声音传过来。杨梅说，你叫海皮。

我的心里突然一阵酸楚，杨梅其实是知道我名字的。

杨梅说，你十四岁了，你练的是地趟刀。

我的眼泪终于滚滚而下。我装作很英雄的样子，整理了一下被撕破的衣衫，走出了杨梅的视野。

杨梅的声音追了上来，但是海皮，你知道唐阿斗会回来吗？

我头也不回地吼了一声，他已经死了。

杨梅的声音尖厉中充满着愤怒，你胡说，他是科学家，他不会死。

我说，他就是不死，也不会再回来。他是个混账王八蛋。

杨梅的声音仍然尖厉，她的脸上挂满了泪水，摇晃着一张脸声嘶力竭地叫起来，海皮，不许你这样说他。

我不再理会她了，眼里同样蓄满了难过的泪水，迈着外八字脚，一步步地向家中走去。我走出很远的时候，回过头去，看到杨梅软软地瘫在院门门槛上，像一只陈旧的麻袋。

6

凌晨四点来临的时候，我又准备起床练功，这时候我突然听了一声巨响。爷爷睡在另一张竹榻上，他大叫一声，糟了，比我的"地动山摇"还厉害，并且随手拿起了他捡破烂用的蛇皮袋，紧紧握着。我知道这时候我爷爷已经拉了三天的肚子，身子骨轻得像一只风筝一样。我背起这只破旧的风筝就往外冲，这时候，又一声巨响响起。

　　我开始狂奔。那些声浪就跟在我的屁股后头，热烘烘地追赶着我和爷爷。我突然发现我的脚步竟如此轻捷，背着爷爷像树叶一样轻盈地飘飞着。一切都乱了起来，第三响，第四响，沉闷的声音一声声地传了过来。等我跑到土埂上的时候，我一共听到了七声巨响。我把我爷爷放在一堆沙子上，站在土埂上往下看，我看到七堆火光，那是七个存放炸药的仓库炸了，其中最大的那个仓库就是唐威的。

　　我看到天空被火光映红，民间救火队的队员们眼屎还没擦净，来不及穿上裤子，就穿着裤衩赶来手忙脚乱地救火了。我看到了杨梅家也冒出了火光，我爷爷说，糟了，第一声响肯定是在杨梅家。我说，你又不是半仙。我爷爷不服气地说，你以为我是糊涂人，我什么都明白。

　　此刻，天空红亮，空气中滚动着热浪。我举起一条腿，将膝盖抬平，然后两只手缓缓地张开了。我知道我的这个姿势其实就是飞翔，我果然就飞奔起来，像一颗子弹一样射向了杨梅家。

　　火光熊熊，马堂弄的整条弄堂里，都是拎着水桶的人群。我冲进杨梅家的时候，被人一把拖住。我猛喝了一声，起开，那人便被我抛了出去，好像这条弄堂里的人都已经轻得像一件衣服似的。我进入了那消失了评弹声音的屋子里，四外张望着。我的眼睛里，到处都是红色的，心跳的声音在重重地响着，好像有一双巨大的皮鞋在磕击着地面。我感到浑身都是汗，嗓子冒着火，整个人都要被烤成一张照相底片了。这时候我看到了杨梅，她长出了肉色的翅膀，凌空飞了起来。她的姿势和我一样，一条腿屈膝抬起来，像嫦娥奔月的模样。

我大叫一声，姐姐。

这时候我才知道，我爱着她，但是她肯定只是我的姐姐。我又叫了一声姐姐，杨梅回过头来，她已经升腾在半空，她就在半空中笑了一下，然后继续向火红的天空中飞去。

从此，我看到所有的景物，全部都是红色的，好像是在眼睛前罩了一张红色的塑料片。

唐阿斗在清晨抵达唐城。其实，在听到巨响的时候，他已经在杭城赶往唐城的路上了。他和女老板张艾佳已经分手，他认为张艾佳没有拿钱让他造翅膀，而是让他研究一些化工用品，赚到了不少的钱。但是，他突然觉得没劲了，他开始在张艾佳给他准备好的套房里扳着指头计算离开唐城的日子。这一算不要紧，一下子他算出离开唐城已经一年。而在他的记忆中，仿佛只有一个月那样短暂。他的头发一年之中没有剪过，长长地披散着。他走到张艾佳的总经理办公室，甩了一下头发，对正在倒一杯红酒的张艾佳温柔地笑笑。

张艾佳也笑了，举了举手中的红酒说，你要不要来一杯？

唐阿斗答非所问地说，我决定，从现在开始被你解雇。

唐阿斗是第二天清晨到达唐城的，他本来想等到第二天天明出发，但是他突然之间涌起的对杨梅的思念，这样的思念让他星夜兼程。他叫上了一辆出租车，向着唐城飞奔。临近清晨的时候，天空中下了一场小雨，小雨很快将黑夜和清晨交界时分的近郊土埂淋湿。车还没到土埂的时候，他就远远看到了满天烟火。那些急速上蹿的烟花，异彩纷呈地在天空中爆开。

清晨的空气中，弥漫着焦炭的气息。他在杨梅家门口看到了衣服头发已经被烧焦的我。我的脸上是黑黑的烟灰，身上被淋得精湿。而那堆废墟，很安静地伏在雨中，像一个熟睡的孩子。唐阿斗看到我的嘴唇动了动，忙把食指竖到唇边轻声说，别说，别说，我全猜到了。现在杨梅要睡觉。

我面无表情地望了科学家唐阿斗许久，喉结翻滚了一下还是冲口而出，知道我是谁吗？

唐阿斗说，你烧成灰我也认识你，你就是"地动山摇"海皮。

我说，知道我是干什么的吗？

唐阿斗说，你是练武的。

他的话音未落，我一拳挥了过去。拳头重重地击在了他的脸部，我看到他的头上仰，一串细碎的血珠像烟花一样飞扬起来。我大吼一声，去你妈的"桃花劫"。我看到他微笑着倒了下去，倒下的姿势优美，弧度圆润。

7

一个清晨，一辆牛车经过了三十六洞泄洪闸的操场。那时候我正在练地趟刀，在牛车经过好久以后，我像是想起了什么似的，横举钢刀飞奔起来。我终于在护城河边看到一辆停着的牛车，牛车上的一只收音机里，响着苏州评弹的声音。我看到护城河里站着杨梅妈，她捧起一捧水为自己洗了一把脸，那些细碎的水珠从她的脸上纷纷跌落下来。杨梅妈笑了，露出一排白牙。我站在岸上问，你要去哪里？杨梅妈想了想说，我要去的地方，是宋城。

然后她上了岸，坐上了牛车。牛车继续往前走去。

我一步一步地走向了护城河。我在河水里飞奔起来，执意为她在水中打一套地趟刀法。钢刀宽大的刀片，掀起了白亮的水花，在阳光下灼人眼目。我就是一头水中腾跃着的小野猪，不时发出沉闷的吼声。牛车终于在视野里远去了，我劈出了最后一刀，纵身跃起来，跃得很高。在护城河的上空，我看到了陈旧的小县城，也看到了远去的牛车。牛车越来越小，最后消失了。我如一片宽阔的树叶般缓缓地落下来，落在水中，溅起阵阵水花。这时候我哭了，那扬起又落下的白色水花一下子把我的十四岁给完全打湿。

「城里的月光把我照亮」

1

　　芬芳从发廊出来的时候，看到了一大片的月光，就在发廊的玻璃门外游来淌去。芬芳停住了脚步，在发廊门口站定了。月光和发廊透出的粉红光线，对比明显，光影把芬芳的身影拉长，疲惫地扔在街面上。芬芳很想拾起地上自己的影子，她觉得那影子太过虚弱与柔软。发廊里的小琴小英小雅小芳们，表情木然地用目光捧着一台二十一寸的长虹牌电视机，看着电视屏幕上的各式广告。她们一个又一个地打着哈欠。这时候芬芳突然渴望一场雨的到来，那样的话，她可以站在发廊的玻璃门内，对着檐滴发呆。但是雨迟迟都没有来，只有铺天盖地的月光。霜降已经过了，芬芳开始觉得寒冷，她用双手抱了抱自己，觉得自己的手臂有了略略的温暖。

芬芳是去买豆腐串的，她有些饿了。芬芳又在发廊门口的空地上站了一会儿，然后她向桥头走去。桥头有一个卖炸豆腐串的老女人，老女人的身上，散发着油炸豆腐的气息。她很辛苦，辛苦得让芬芳感到她连一个笑容都不肯浪费。芬芳一直都在想，老女人为什么要那么辛苦？但是芬芳一直都没有问，因为她觉得没有问的必要。但是有一天，在芬芳接过了豆腐串准备返身回发廊的时候，老女人叫住了她。老女人的声音，喑哑得像一面被敲破的铜锣。老女人说，你为什么要那么辛苦？芬芳手里拿着豆腐串，一下子愣住了，她没有想到自己原来是辛苦的，甚至可以比老女人辛苦。芬芳缓慢地转过身去，对老女人笑了一下，说，那你为什么那么辛苦？老女人说，为了活着。老女人紧接着又说，难道不是吗？

芬芳什么也没有说，她转过身来，趿着海绵拖鞋，在路上走出了 S 形的路线。她的心里一直在唱着一首歌，原来老女人是为了活着。一个年老的女人，活着对她有那么重要吗？

雨一直没有来。雨当然不可能在天空下着月光的时候来。芬芳又轻笑了一下，离开发廊门口那一小片粉红的灯光，向桥头走去。芬芳远远地看到了桥头的一盏灯下，老女人孤独得像一个木偶的身影。芬芳想，如果换成是自己，如此呆板地守着一座桥一盏灯一个小摊，如此乏味地把每一个夜晚，都关在屋外，那还不如跳下河去算了。芬芳离桥头越来越近了，这时候，芬芳看到了几只柴油桶。柴油桶歪歪斜斜地立在一家汽车修理铺的门口。修理铺早就打烊了，芬芳记得修理铺的师徒两人，都长得高大健壮，像公牛一样。他们的嗓门巨大，老是对着司机们吼。但是他们的手艺是一流的，芬芳听到好些司机都说了。那些车子坏了的司机们，有时候会偶尔地走进发廊来，把疲惫的身体躺下，任由小姐们没有规则地拿捏，或者在狭小的空间里，大汗淋漓地做一回猪头。

芬芳没有再向前走。因为芬芳听到了细微的声音，像是一枚树叶的呓语。芬芳站定了，她的手里握着几枚硬币，现在这几枚硬币，在芬芳温软的手心里，感到温暖而熨帖。月光多么凉爽啊，芬芳又抬头看了看月色，她喜欢那样的月色，透明而温情。芬芳后来走向了柴油桶，她站在了一个小小的包裹前。包裹里是一个月光下的婴儿，婴儿睁着一双眼睛，眼睛里看不出一丝内容。

227

芬芳一下子喜欢上了这个安静的婴儿，但是她没有俯下身去。她久久地站着，看着婴儿。一辆车子开过，雪亮的车灯下，芬芳看清了婴儿的眉眼，那是惹人爱的眉眼。芬芳又抬头望了望月色，她的心情在片刻之间充满了母性。

芬芳终于抱起了婴儿。她忘记了还要去不远的桥头买豆腐串。她抱着婴儿向发廊走去。走到发廊门口的时候，她才突然想起自己是去买豆腐串的。她迟疑了一下，回头望望桥头孤独的老女人守着小摊。最后，她抱着婴儿迈进了发廊。玻璃门打开了，粉红色的灯光，像一只突然伸出的手，把芬芳从清冷的月光之中拉进了屋内。小琴小英小雅小芳把目光从电视机上收回，她们都看到了去买豆腐串的芬芳，突然之间怀里多了一个婴儿。

小琴说，谁的孩子呀？

小英说，是不是捡来的？

小雅说，一定是捡来的！

小芳说，看看，是男孩还是女孩？

五个女人把包裹打开了。是个女孩，包裹里有一张小纸条：张瑶，满月，谢谢。

小琴笑了，说，叫张瑶，这个孩子叫张瑶。

芬芳突然像是想到了什么似的，猛地拉开了发廊的门，像一只兔子一样跳到了门口的马路上。马路上空无一人，小琴小英小雅小芳吃惊地看着她，她们看到芬芳失望地回到了发廊内。

小琴问，怎么了？

芬芳说，没怎么。

小琴又说，她叫张瑶。

芬芳没有说什么，而是把包裹重新包了起来。芬芳把脸贴在了孩子的脸上，那粉嫩如豆腐的皮肤，和清澈的奶香，让芬芳慢慢闭起了眼睛。

小琴再一次说，她叫张瑶，芬芳，她叫张瑶。

芬芳睁开了眼，说，她不叫张瑶。她叫程小月。

小琴小英小雅小芳相互对视了一眼，她们都知道芬芳姓程，她们都没有再说什么。这时候玻璃门被推开了，进来一个男人。男人穿着黑色的衣裳，他的目光落在了芬芳的身上。

芬芳抱着婴儿，把婴儿紧贴在自己的怀里。婴儿突然哭了起来，哭得中气十足。芬芳头也不抬地说，我没空。男人挖了挖自己的后脑勺，小琴伸过一只手去，把男人牵进了里面昏暗的小间，像牵一头羊。羊在进入小间的时候，轻声而好奇地问，那个人怎么了？她怎么会有孩子？小琴笑起来，嘎嘎嘎，像河塘里的鸭子，在暗夜里显得无比夸张。小琴说，女人没有孩子，才不正常呢。

发廊的外间，响起了一长串的笑声。笑声穿过了玻璃门，在空无一人的马路上穿梭。桥头，一个老女人在等待着芬芳。每天晚上她都在等待着芬芳，但是芬芳今晚却没有来。老女人觉得有些失落。那些从发廊钻出来的笑声，从远处漫了过来。老女人叹了一口气，抬头看了看昏暗的桥头灯。她开始在灯光下收拾自己的小摊。

2

这是一座飞起来的城市。说它飞起来是因为短短几年时间，这座城市已经不像县城，而像中等的城市了。芬芳从遥远的玉山县，赶到这儿的时候，站在火车站广场上，感到了城市的气息，从四面八方向她涌过来。

芬芳在这儿干过很多工种，超市的营业员，衬衫厂女工，医院的护工，小饭店里的收银员。芬芳在做收银员的时候，因为弄错了一笔账，让自己倒赔了好多钱。芬芳没有钱，那个长着大胡子的老板也说不用赔。但是大胡子半夜摸进了芬芳的房间，被芬芳踢了出来。第二天，芬芳就走了。芬芳漫无目的地走，其实她并不爱这座城市，但是她却爱上了这座城市的月光。她在这座城市的月光下，徘徊了三天，最后她出现在发廊门口。小琴就倚在发廊门口，她在嗑瓜子，瓜子皮不停地从她猩红的嘴里飞出来，落在路面上。她朝芬芳笑了一下。芬芳的脸上没有表情。她又朝芬芳笑了一下。后来她告诉芬芳，她其实一眼就看出来了，芬芳是愿意在发廊留下的。

芬芳就留了下来。发廊的日子，让芬芳无精打采。在这个昏暗狭小的气味暧昧混浊的空间里，芬芳爱上了打哈欠。她不停地打哈欠，流眼泪，像永远也睡不醒似的，这令她的客人们很不高兴，离去的时候，嘴里总是骂骂咧咧的。所以，芬芳的生意不太景气。现在，芬芳有了一个孩子，她的生意就更加不景气了。因为她要像一个妈妈一样，为程小月泡奶粉，换尿布。小琴小英小雅小芳起先觉得很好玩，后来她们厌倦了，她们懒得和一个孩子玩。她们闻到这个发廊里，又是香水味又是小孩的尿味，这种复杂的气味令她们不舒服。而发廊门口不远处的铁丝上挂着的尿布，更让人觉得这实在是一个看上去无比滑稽的场所。而且，程小月的到来，无疑影响了她们的生意。她们在小包间里卖力地做着生意的时候，会突然听到外间传来的婴儿啼哭，接着她们会看到客人们发绿的脸和紧皱着的眉头。

牛蛙经常来看芬芳。牛蛙也是玉山人，他在一家个体锯板工厂替人锯木头，他的身上永远荡漾着木屑的清香。那天晚上他带着他的木屑清香，在桥头买豆腐串的时候，碰到了穿着拖鞋的芬芳。也许是玉山口音，也许是一种气味，他们相互很淡地笑了一下，然后，牛蛙就边吃豆腐串，边跟着芬芳走到了发廊面前。芬芳刚想推开玻璃门的时候，牛蛙突然说，我是玉山的。芬芳推门的动作就停住了，像被封了穴道似的。牛蛙接着又说，我猜你也是玉山的吧。芬芳终于回过身去，笑了笑说，是的。

后来牛蛙就经常来找芬芳。牛蛙喜欢上了芬芳。大家都知道牛蛙喜欢上了芬芳，只有芬芳自己当作不知道。那天牛蛙买来最便宜的那种冰激凌，请小琴小英小雅小芳和芬芳吃。大家都起哄，芬芳不动声色，拒绝了吃冰激凌。那冰激凌最后化成了一堆染着颜色的水。把整个夏天都染绿了。

但是牛蛙仍然来，不再买冰激凌，而是傻傻地在发廊门口张望。小琴喜欢倚在门边嗑瓜子，她对牛蛙一脸坏笑地吐着瓜子皮。瓜子皮飘飞起来，在牛蛙定定的眼神里，像一场雪一样。直到有一天，他看到芬芳的怀里，抱着一个婴儿。牛蛙的心里一下子就空落了，像是被谁掏走了心一样。但是他很快定下心来，他知道怀胎需要十个月，孩子肯定不是芬芳的。难道芬芳会像变戏法似的变出一个人来？

芬芳却把孩子看成是自己的人。她像变了一个人一样，她看上去其实就是一个合格的小母亲。程小月已经离不开她，程小月嫩嫩的目光，在发廊里穿梭，穿过几条白晃晃的大腿，落在勤奋洗尿布的芬芳身上。程小月一个多月的心灵里，就泛起了淡淡的甜蜜。她随时爆发的哭声和尿液也充满了淡淡的甜蜜。但是小琴小英小雅小芳开始烦这一对母女，她们在发廊里的生活秩序被打乱了。小琴是发廊老板。其实小琴也不是老板。小琴只是老板最信任的人，让她管理着发廊。老板是个隐身人，不太出现在发廊里。小琴有一天终于在嗑完了半斤瓜子以后，对芬芳说，芬芳，还是把孩子送了别人吧。你想想，在发廊里养了一个孩子，是多滑稽的一件事。

芬芳后来还是点头了。芬芳那时候正抱着孩子，她听到这话愣了一愣，然后把目光在小琴小英小雅小芳的脸上一一扫过。她们都低下了头，什么也不再说。芬芳想了想就点了点头，她一边点头一边眼泪不停地流下来，滴在程小月粉嫩的小脸上。

几天以后，一个老太太出现在发廊。老太太的头发已经花白了，她是从一个叫桃岭的山村里来的。她的儿子生了两个孩子，按规定儿媳妇就绝育了。做完绝育手术没几天，两个孩子在小溪里玩水不小心都淹死了。老太太呼天喊地地号了一通，直号到个天昏地暗，从此头发变白，嗓子变得哑哑的。见到别的孩子时，老太太的眼睛就鼓出来，喉咙咕咕作响，像是要吃掉孩子似的。这是一种可怕的变化，是由失去了自己的骨血造成的。现在，小芳的一个电话打到了她家后，她简直是奋不顾身地就直扑城里来了。她敲开了发廊的门，看到了一群白晃晃的大腿。老太太昏花的目光艰难地在大腿丛中寻找到了芬芳。她走到芬芳面前，急切地抱过芬芳怀里的程小月。

老太太笑了，她闻到了孩子身上散发出的奶腥味。程小月哭了起来，老太太又笑了，老太太说，哭得多响，是个健壮孩子。

芬芳说，她叫程小月。

老太太说，我一看就知道是个健康孩子。

芬芳说，你可以改姓，但是千万不要改名，就叫她小月吧。那天捡到她，月亮旺得很。

老太太说，咱们王家又有后了。

芬芳说，今天是孩子出生的第四十八天。孩子要少吃多餐，这孩子乖，夜里从不吵夜。她的换洗衣服我都准备好了，你可以带走。还有，奶瓶仍然用我买的，扔掉可惜。奶粉的牌子是贝因美的，她已经习惯喝这个，你不要换了。

芬芳说着说着，哭了起来。她不停地用手抹着眼泪，老太太连看都没看她一眼，只顾着看着孩子笑。小琴小英小雅小芳看到芬芳哭，有些过意不去。小琴就拿过一张纸巾来，说，擦擦，擦擦。芬芳接过纸巾擦眼泪，眼泪却停也不停下来，不住地往下掉。

老太太说，那我走了。

老太太迈出了发廊的玻璃门。芬芳站在了发廊门口，看着老太太兴奋的背影渐渐远去。老太太走到不远的汽修店的门口，那儿零星地站着几只柴油桶。这时候，程小月响亮的哭声响了起来。在她的哭声里，芬芳连想也没有想，趿着拖鞋奔跑起来。芬芳不小心在路上摔倒了，膝盖、手上和脸上都擦破了皮，全是灰。芬芳冲向了老太太，挡在老太太面前。老太太一下子愣了，说，怎么了？芬芳什么话也不说，只是喘气，两手张开，阻止着老太太的前行。

老太太最后没有能抱走程小月。用芬芳的话来说，是程小月离不开芬芳。芬芳从老太太怀里接过程小月时，程小月的哭声马上停止了。老太太失落地望着到手的孩子再一次离去，像是重重地从天上摔落了下来一样。老太太望着芬芳的背影，芬芳的背影慢慢地洇进一家不起眼的发廊里。

小琴小英小雅小芳一直都在呆呆地望着芬芳。她们看到芬芳的身上伤了很多处，膝盖在不停地往下流血，血水已经凝固了起来，像一根红色的面条。芬芳紧紧抱着程小月，用脸贴着程小月的头。芬芳进入发廊后，把程小月小心地放在沙发上，然后她开始无声地整理东西。她把自己的东西都塞在一只不大的布包里，然后她背起布包，又抱起了程小月。

她离开了发廊。一直没有回头。小琴和小英小雅小芳呆呆地看着程小月和芬芳一起消失。芬芳走出很远的时候，小琴突然喊，芬芳你要来看我们的，你如果不来看我们，就太没良心了。芬芳停了一下，她一定是听到了这句话。但是芬芳没有回答，而是继续向前走去。

3

在芬芳的眼里，那是一所天堂一样的学校。学校的绿化很好，芬芳就经常在绿树下穿行。最重要的是，副校长让总务室分配给她一间小屋，让她可以安顿程小月。芬芳是在零星打了几处短工以后，才找到了这样一份工作，她觉得无比的幸福。而且她认为，让程小月在成长的过程中，多听听学生们读书的声音，哪怕是眼保健操的广播声，也是好的。

芬芳在这所小学里，帮老师们烧开水，收发信件，分报纸，打扫公共卫生。程小月觉得这活实在是太轻松了。副校长姓崔，崔副校长每天都要来芬芳的小屋里转一转，告诉她如果有困难，可以向校部反映一下，但是，工作是必须要做好的。芬芳说，谢谢你。芬芳说，我没有困难。芬芳说这些的时候，眼睛里装满了崔副校长的大脸，和他光秃秃的脑门。脑门上的几缕头发，被夏天的风轻轻吹起。这时候，芬芳看到了远处的球场，以及球场边的几棵树，她的心情一下子愉悦起来，眼睛里放着光芒说，真好啊。

崔副校长愣了一下，以为芬芳在说自己，他的脸略略红了红，说，一般一般。后来他转身走出了芬芳八个平方米的小平房，在夏天的风里，崔副校长的骨头都在咯咯地欢叫着。他一下子觉得年轻了，而且走路的时候，老是有那种飞翔的感觉。

芬芳的生活一下子平静了。芬芳需要，也喜欢这样的一种生活。她走路的时候步子是轻的，生怕惊醒地下蚯蚓的梦。她走路的时候，心里也在欢唱着，她的脸上始终挂着微笑。而且，她和学校里的老师、校工们相处得都不错。每一个黄昏，芬芳都抱着程小月，在学校里散步。她希望一辈子就住在学校里，直至有一天程小月离开了她，直至自己安静地死去。

　　这是一个安静的午后，但是这样的安静，没有多久就结束了。学校不久就要放假了，程小月本来是躺在床上睡一个绵长的午觉。远处的远处，有蝉声隐约地传来。这是一个普通的夏天，一切夏天的故事有条不紊地进行着。崔副校长又出现在芬芳的屋子里，他的手里提着几条瘦骨嶙峋的鱼，说是学校里发的。芬芳从没有见过如此瘦弱的，长得像蚯蚓的鱼，她不由得大笑起来。大笑声中，崔副校长关上了门。芬芳的笑容就戛然而止了，在门上撞了一下，又弹了回来。崔副校长在这个故事进行到恰到好处的时候，很合时宜地伸出了那只白胖的手，伸向芬芳愤怒外突的胸前。

　　芬芳猛地推开了崔副校长的手。她看到了副校长鼻尖上的汗，就说，崔校长你长的是一个蒸笼鼻，你看看你的鼻子边上都是汗水。崔副校长继续把手伸过去，手像一只大鸟一样，栖息在芬芳的屁股上。芬芳没有了再打圆场的耐心，本来就不太喜欢笑的她迅速地收起了笑容。说，你想干什么？崔副校长的眼神里掠过一丝慌乱，但是他很快就镇定了。他很轻地笑了一下，说，听说你在发廊干过。崔副校长边说边掏出一个小耳勺掏耳朵，他掏着掏着，脸上就浮起了满意的笑容。看上去掏耳朵令他充满快感。后来崔副校长收起了小耳勺，他从后面轻轻抱住了芬芳，他的声音像是在催眠，带着热气的话在芬芳的耳边，像一朵春天的花一样开放着。芬芳咽了一下唾沫，她觉得这个肥胖的副校长一定是有催眠术的。崔副校长的手，像八爪鱼一样慢慢箍住了芬芳，芬芳觉得自己已经在这个很像春天的夏天，融化了。她的心里一直在喊叫，但是她的喉咙发不出声音来。床上的程小月，睁着一双乌黑的眼睛，一动不动地看着他俩。崔副校长弯腰抱起了她，慢慢走向床边。芬芳开始挣扎，她的手胡乱地挥舞着，然后她听到了一声脆响。

一切都安静下来。崔副校长把芬芳放了下来，他的脚边是一摊水。一只陈旧的竹壳热水瓶已经碎了，伏在地上奄奄一息的样子。崔副校长没有说话，他望着大口喘气的芬芳，慢慢笑了一下。芬芳看到崔副校长的手垂下去，落在裤管边，然后轻轻提起了裤管。这时候芬芳发现，崔副校长腿上的皮肤，被开水烫得红了一片，而且他那双亮亮的黑色皮鞋已被开水泡软了。芬芳无措地蹲下身去，拼命地替崔副校长擦鞋上的水，却始终不能擦干。崔副校长叹了一口气，他的手落在蹲着的芬芳的头上，轻轻地抚了一下。然后，崔副校长转身走了。崔副校长刚走出芬芳的小屋子，远处的蝉声就蜂拥着钻进了芬芳的房间。

这是一个像春天的夏天。芬芳感到一点也不热。风很凉爽，风一次次地从窗口跑进来，拂一拂芬芳的刘海。整个下午，芬芳就呆呆地坐在床边，她的一只手不停地轻拍着程小月。这样的轻拍下，程小月显得无比安静。程小月本来就是安静的。芬芳突然想到自己是从发廊出来的，从发廊出来的人，为什么要像一个良家妇女一样，在这个夏天去打碎一只热水瓶？打碎热水瓶，可能就是打碎一种平静而且略带美好的生活。

生活果然就打碎了。崔副校长仍然对芬芳很热情，仍然很关心她，但是崔副校长不再造次。有好几次，芬芳想对崔副校长说那天的事，想说对不起。但是崔副校长不允许话题的深入，总是在芬芳将要说的时候，马上转移了话题。再不久，许多老师和校工们都开始在背后议论她。芬芳不知道他们在议论什么，但是从他们的神情上，芬芳觉得他们一定在议论自己曾经是发廊里的发妹。有一天在礼堂，芬芳正在帮总务处的人布置会场，这儿要开一个学生的联谊会。总务处主任把芬芳叫了过去，他说芬芳你过来一下。芬芳笑笑，她像料到好多事一样，走到总务处主任的身边说，黄老师，你这件衣服式样有些老了，你让师母给你买件新的。接着芬芳又说，黄老师，学校是不是不要我了？

黄老师一下子愣住了。他本来想婉转地说这件事的，他甚至已经想好了，可以推脱说教委一个官员的亲戚想要来顶替她的岗位，但是现在他想说的话全都没用了。黄老师只好嘿嘿地笑，笑到最后黄老师自己都觉得没劲。芬芳又笑了一下，芬芳说黄老师我以前在发廊干过，学校不要在发廊干过的人，我能理解的。我下午就走。让我和他们把礼堂布置好，就走。

黄老师叹了一口气。他还想再说什么，芬芳已经走了，芬芳和总务处的人一起布置礼堂。芬芳后来开始唱歌，她唱的是《好一朵美丽的茉莉花》。她是玉山人，那是浙江和江西的交界县，但是她却把一首江苏的民歌唱得充满了江苏的味道。芬芳自己也没想到自己会那么江苏。芬芳的歌声让校工们都面面相觑，他们什么话也没有说，他们知道芬芳要走。

芬芳是在下午走的。走的时候，礼堂里欢笑声一片。芬芳的背上，是程小月，程小月被芬芳用布包起来背着，这样背孩子的方法有些像少数民族的女人。芬芳的手里提着一只布口袋，那口袋里装着芬芳的家。芬芳站在操场上，她先听了一会儿礼堂传来的欢笑声，然后又听了一会儿远处几棵大树上传来的蝉声。蝉声里芬芳一步步从操场走向礼堂。礼堂里坐满了学生，他们都没有去注意芬芳。只有崔副校长注意了，他肥胖的脸上泛起一丝笑意。芬芳经过崔副校长身边时，轻声说，你真是个畜生，你是个畜生，畜生。芬芳把一口唾沫吐在了崔副校长的脸上，是唾沫。本来芬芳想吐痰的，但是芬芳吐不出痰来，只好吐了唾沫。崔副校长的脸一下子变了，但是他不敢发作。芬芳经过崔副校长的身边，若无其事地穿过礼堂，走出了校门。

芬芳站在了校门口。校门口对着一条街。街上车水马龙的，芬芳就站在车水马龙中间。那些汽车的挡风玻璃，在阳光下泛着刺眼的白光，这样的白光让芬芳眯起了眼睛。芬芳在眯眼的时候，看到了不远处站着的牛蛙。他一步步向芬芳走来，手里举着的仍然是最便宜的那种冰激凌。芬芳闻到了牛蛙身上木屑的清香，芬芳在这样的清香里，慢慢接过了冰激凌。这一次芬芳把冰激凌全吃了，她突然觉得这冰激凌虽然便宜，但是味道还是不错的。

牛蛙接过了芬芳手里提着的布口袋。路上，牛蛙滔滔不绝地说着自己如何四处寻找芬芳。芬芳没有说什么，她心里一直在提醒着自己，要试着爱牛蛙。要试着感受一下爱情。但是她的努力效果不大，她在心里叹了一口气，在无处可去的时候去牛蛙的住处，当然不是为了爱情，而是为了生计。而且，是为了程小月。程小月让芬芳觉得，自己就是一个母亲。

4

但是芬芳仍然在寻找着虚幻的爱情。她要带牛蛙去看月光。

这座城市的边上，有一个叫鹭鸶湾的村庄。村庄临着一条水，那是一条清凉透明线条很好的水，像一个十八岁的女孩。芬芳很喜欢这条水，以及这条水面上荡漾着的月光。芬芳在程小月睡着以后，拉着牛蛙的手去鹭鸶湾。在走出低矮的工棚前，牛蛙的手落在了芬芳的屁股上，手在勤快地摸索，但是却被芬芳打开了。芬芳在牛蛙的眼睛里看到了欲望的火焰。芬芳觉得面前这个男人的皮肤下面，隐藏的全部都是欲望。但是芬芳还是努力地把牛蛙拉到了鹭鸶湾的那条水边。这让牛蛙感到很不开心。

芬芳选择了一棵贴着水面斜着生长的树。树的某些枝丫已经伸入了水中。芬芳和牛蛙就坐在树的枝干上，把脚伸进水里，不停地晃荡着。一根手臂粗的枝丫，刚好像靠背一样地贴在芬芳和牛蛙的后背上。这样，就使得芬芳和牛蛙，像坐在椅子上一样。月光从很远的天空掉下来，掉到水里，和水溶在了一起，慢慢向芬芳流了过来。远处，是城市的灯火，这样的灯火能让芬芳感知人间烟火，又能在闹中取静。芬芳对牛蛙说，这是城里的月光。

牛蛙说，城里的月光怎么啦？城里的月光多少钱一斤？

芬芳说，你真俗。

牛蛙说，你高雅。高雅多少钱一斤？高雅能当饭吃？

芬芳说，你是不是觉得现在是你在养着我，就高高在上？你是不是觉得我离开你就没饭吃？告诉你牛蛙，我愿意在月光里饿死，行了吧。

牛蛙说，好了，我不和你争。我明天还要锯木头呢，累都累死了。

牛蛙果然是累了。芬芳拒绝和牛蛙上床，让牛蛙对今天的夜晚无比失望，所以他很快就累了。他坐在树身上进入了梦乡，扔下芬芳一个人在月光的柔软包裹里，一次次地用脚荡起水来。芬芳怎么也想不明白，自己是如何爱上无边无际的月光的。

芬芳当然没能找到努力想找的爱情，这让她明白爱情的氛围不是可以营造起来的，爱情是与生俱来的。但是芬芳要吃饭，要让程小月喝上贝因美的奶粉，所以芬芳必须替牛蛙做饭，整理家务，当然在不太能推的情况下，让牛蛙爬上身子，像一头机器一样吭哧吭哧地忙碌一番。芬芳觉得自己够对得起牛蛙了。白天牛蛙操作着锯木头的机器，像一个日本鬼子一样戴着披风帽。乏味的工作让牛蛙自己也变成了一架没有情趣的机器。在不久以后，牛蛙开始不喜欢这样的生活，他觉得芬芳的菜做得不怎么样，有点偏淡。而他干的是体力活，必须多补充盐。芬芳带着的孩子，让牛蛙被一起干活的工人们耻笑。工人们说，天上掉下的老婆和孩子，让你省下了生孩子的力气。牛蛙觉得很不开心，终于鼓起勇气，让芬芳把孩子送人，或者放回到那间汽修店门口的柴油桶边去。

　　那仍然是一个绵长的下午，夏天还在不紧不慢地走着。牛蛙在午睡，因为天气太热，锯板厂让每一个工人都关掉机器，可以在中午睡那么几支烟的工夫。牛蛙醒来的时候，红着眼睛，他看到芬芳正在喝一杯开水。芬芳的怀里，抱着熟睡的程小月。牛蛙盯着程小月看了好久，他也承认程小月是一个漂亮的孩子，但是程小月不是他亲生的，他觉得让他养着一个不是亲生的孩子，亏大了。牛蛙说，芬芳，把小月送人吧。芬芳没有听清，她侧过脸来认真地看着牛蛙。她的意思是让牛蛙再说一遍。牛蛙望着窗外白晃晃的阳光，一字一顿地说，芬芳，把小月送人，我们自己生一个。牛蛙说话的样子，好像是在对窗外的白光说，而不是在对芬芳说。

　　芬芳又喝了一口水。她平静地笑笑。她怎么都没有想到，为什么自己可以变得如此平静。后来她突然想到了月光，一定是月光让她平静的。芬芳笑着说，牛蛙，你是不是觉得小月拖累了你？是不是苦痛你那几个钱了？牛蛙没说话，好久才一侧头说，反正，反正大家都在笑话我。芬芳说，你自己有没有笑话自己？牛蛙没再说什么，起了床走出了工棚。他走出工棚的时候，重重地摔了一下门，这让芬芳紧紧地皱了一下眉。

这一个绵长的下午，芬芳又开始收拾自己的行李。她要像离开学校一样离开牛蛙的工棚，她觉得当初吃了牛蛙的冰激凌，其实就是错误的开始。这个傍晚，芬芳为牛蛙做好了晚饭，然后她打开了工棚的门，背着程小月离开了锯板厂。

那个晚上，芬芳漫无目的地在城市里行走。她经过了曾经工作过的发廊，并且看到了小琴仍然倚在门边嗑瓜子。但是小琴并没有看到她，小琴在红色的光线里，晃动着白晃晃的大腿。芬芳走过了发廊门口，经过了汽车修配店，然后她站在了桥头。这个时候，月光还没有来，月光来得有些晚。芬芳在桥头的灯光下，看到了那个卖豆腐串的老女人。老女人也看到了她，但是她什么话也没有说。芬芳走过去，递给老女人一块钱，从老女人手里接过一串豆腐串。然后芬芳头也不回地从桥上走过。在芬芳走出很远的时候，老女人的声音追了上来。老女人说，你很久没有来了。

芬芳略略停了一停，又向前走去。芬芳吃完豆腐串的时候，月光来了。桥上铺满了月光，桥上空无一人，桥上无比安静。芬芳就站在桥栏边，望着那穿城而过的水。这时候芬芳很想做一条鱼，她觉得鱼是水里的鸟，都是自由的。而人，没有翅膀。至少她没有翅膀。

那天晚上，芬芳坐在大桥旅馆的屋檐下，紧紧地抱着程小月坐了一晚。她的身上盖着毛毯，整个晚上似睡未睡。她的脸一直贴着程小月的脸，她喜欢闻程小月身上的奶香。后半夜的时候，月亮隐进了云层。芬芳是被一场雨的雨声敲醒的。她听到了绵密的雨声，醒过来后，才发现斜雨洒进了屋檐，冰凉的雨零星洒在了她的身上。程小月睡得很香，芬芳紧了紧怀里的孩子，她不愿意程小月醒来。一会儿，街灯下出现了一个失魂落魄的人，他完全湿透了，在街上漫无目的地走。他像是突然发现了芬芳和程小月，跌扑着撞了过来。他是牛蛙。

牛蛙伸出一只手，来拉芬芳。说，回去吧。

芬芳没有说话，她的脸上没有表情，她的目光有些冷，冷得像月光。

牛蛙看了看空无一人的大街的两头。密集的雨从远处赶来，紧紧地罩住屋檐外的牛蛙。

牛蛙慢慢地跪了下来，跪在芬芳面前。牛蛙说，回去吧，我找你找到现在。我以后再不说那样的话了，我以后一定对小月好。

芬芳仍然没有说话。芬芳在想，如果饿死了，就和程小月一起饿死吧。

这时候芬芳听到了牛蛙的哭声。那是一个男人的哭声，他伏在芬芳的脚边，呜咽着，像一头牛在远处的草丛里叫。芬芳的心里突然升起了愉悦，她觉得牛蛙其实比自己还要可怜。芬芳在等待着雨停下来，雨是在凌晨停的。芬芳站了起来，她发现自己的腿脚麻了。而牛蛙还在不知疲倦地呜咽着。芬芳说，走吧，我跟你回锯板厂。牛蛙一子愣住了，他以为芬芳已经铁了心。他不知道的是，为了程小月，芬芳必须有一个可以安身的家。

湿漉漉的牛蛙在一个夏天的凉爽的清晨，牵着芬芳和程小月回了工棚。他的心情一下子好了，而且他还吹起了极难听的口哨。芬芳低下脸，在程小月的脸上亲了一口。她们就像一大一小两头羊，被牛蛙牵回了工棚。回到工棚的时候，牛蛙豪迈地拿出钱来，说，芬芳，去买肉。

芬芳的生活一下子又平静了。牛蛙在锯板厂的收入，足够三个人开销。很偶尔的时候，芬芳也会对牛蛙嘘寒问暖，这令牛蛙异常的感动，觉得家真是一个好地方。这样的日子没过多久，大概是初秋吧，或许初秋的日子还未到，最多算是夏天的尾巴。芬芳和程小月在工棚里午睡，那天的天气凉爽，芬芳的午睡无比惬意。她甚至再一次梦到了童年，黄阿姨领着她在院子里走来走去。她不时地抬起头望着黄阿姨笑，她和黄阿姨在一起时就感到无比的甜蜜。这时候响起了零乱的脚步，脚步声一直奔到她的梦里头，让她的梦被脚步声踩醒。门被猛地推开了，一个敞着怀红着眼睛的男人气喘吁吁地站在门口的白亮光影中。芬芳坐起了身子，她看到了和牛蛙一起搭班的工友，一个叫小石的男人。他的胸前的肌肉上，流着大片的汗水。

芬芳疑惑地看着小石，等着小石说话。小石的喉结在拼命地滚动，他终于说了出来，他说牛哥的胳膊被锯掉了，现在已经送往医院。芬芳的脑海里一下就空了，她能看到自己的脑海，成了一间四壁空空的大房子。大概在一分钟后，芬芳猛地抱起了熟睡中的程小月，和小石一起奔出了工棚。

在赶往医院的三轮车上，芬芳的脑海里四处飞舞着红色的手臂。芬芳像想起什么似的，对小石说，手臂呢，手臂呢。小石说，送牛蛙到医院后，才想起手臂忘了拿，忙赶回去，发现空无一人的锯板厂里，那手臂正慵懒地晒着太阳。小石扑向了手臂，他分明地看到，手臂的断口处，几只老鼠盘踞在上面。小石想，完了，这条差不多被晒了一个多小时的手臂，又被老鼠咬，恐怕没用了。

医生对芬芳说，手臂没用了。芬芳抱着孩子站在走廊上想，牛蛙真可怜。

牛蛙的手臂没有了。牛蛙知道自己的手臂没有了。在手术后醒来的一天一夜里，牛蛙一直都在微笑着，他什么话也不说，他的目光飘忽不定。很多时候，他的目光会飘向窗外，窗外有一丛开得很艳的美人蕉。芬芳一直都在忙碌着，她做得像一个合格的妻子，只是她不会拿言语去安慰牛蛙。她每天都给牛蛙煮汤喝，有一天她觉得应该用言语安慰一下牛蛙，想了半天，终于说，牛蛙，我不会离开你的。牛蛙听了这话并没有反应，他的目光仍然落在窗外的那丛美人蕉上。好久以后，牛蛙才转过头来对芬芳说，芬芳，你看那丛美人蕉，开得像不像火？

那果然是一丛开得像火的美人蕉。那时候芬芳觉得，牛蛙说的话怎么会那么诗意。

　　锯板厂停工了，老板付了一半医药费就跑了，而且搬走了机器。牛蛙想，老板肯定会又在另一个城市找一块空地，把机器一装上，就又是一间便携式工厂。牛蛙用完了差不多所有的积蓄，他快快地像一只被掏空了的疲软口袋一样，和芬芳回到了尚未拆除的工棚。

　　牛蛙站在工棚面前的空地上，他的耳朵里，再次响起了锯板时机器发出的巨响。他用一只手虚拟着送木材迎向刀口的动作。一遍一遍不知疲倦。他大概是在用这样的方式，和他的谋生手段做告别。他的右手袖口里，空荡荡的。风轻易地就把袖口吹起来，又落下。再吹起，再落下，像是那些生活在水中的摇摆不停的水草。芬芳抱着小月，站在他身后忧心忡忡地看着他。芬芳觉得，牛蛙好像一下子苍老了十岁，而且他的语言功能已经退化了许多。

5

　　半个月后。半个月后当然已经是初秋了。孩子睡在床上，芬芳和牛蛙各坐在小方桌的两边。芬芳说，

牛蛙。

牛蛙说，嗯。

芬芳说，我想回发廊去。

牛蛙没有说话。

芬芳说，你放心我不卖身。你在家带着孩子吧。

牛蛙笑了说，我有什么好不放心的。

芬芳听了牛蛙的话，异常失望。她突然觉得牛蛙在意的只是他自己。芬芳叹了一口气说，我想回到原来的发廊去，那样的话，和小姐妹们有个照应。家里已经没钱了，我得去赚钱。

牛蛙不再说什么，他的左手指甲不停地在小方桌的板面上划动着，一会儿就在松木板上划出了一道很深的印记。芬芳低眼看了看他，芬芳看到牛蛙的眼睛里汪着一眼眶的水，随时都会掉下来。芬芳不再说什么，她向门外走去，她向发廊走去。她一下子就走进了秋天之中。在走向发廊的过程中，她一直都在想念着桥头那个卖豆腐串的老女人。因为她又要开始吃她的豆腐串了。

小琴小英小雅小芳把芬芳迎进了发廊。四双白晃晃的腿把芬芳包围了起来。她们问了芬芳很多的问题，芬芳没有说话的欲望，所以很快就把自己的故事讲完了。

芬芳又开始在发廊里上班了。夜里，芬芳想吃豆腐串，芬芳就去了桥头。芬芳看到了老女人，仍然在昏黄的路灯下，乐此不疲地炸着豆腐串。芬芳手心里捏着一块钱硬币，慢慢走近老女人的时候，老女人头也不抬地说，你终于回来了，我等你好久了。

芬芳从老女人手里接过了豆腐串。她什么话也没有说，转身向发廊走去。经过汽修店门口的时候，她仍然看到了那几只孤零零站着的柴油桶。她就突然想起，几个月前，在这儿抱起了程小月。仅仅几个月，就好像发生了许多变故，比如她离开发廊，去了学校，又回到发廊。比如她多了一个程小月，而牛蛙少了一条胳膊。

起先的时候，牛蛙来接她，两个人踩着一地的月光回去，都不说话。但是芬芳总是觉得，这样和幻想中的爱情稍稍近了一些。回到工棚，芬芳可以看到已经熟睡了的程小月，小小的人躺在小小的光影里。芬芳觉得这时候自己的心里才是温暖的。

牛蛙在慢慢变化着。起先，他只是哭。某一个夜晚芬芳醒来的时候，听到了遥远的哭声，丝丝缕缕。芬芳看到身边的牛蛙不见了，牛蛙坐在不远的小方桌边，正襟危坐的样子，很正规地呜咽着。芬芳没有起身去劝，但是她睡不着了。牛蛙大概以为，失去了一条手臂，自己就成了半个男人。牛蛙就这样隔三岔五地在半夜里起床哭。后来牛蛙不哭了。牛蛙不哭了，他的另一种生活开始了。他开始喝酒，把自己喝得东倒西歪的。他开始骂人，摔东西，喝醉了以后在地上爬来爬去，吐得满地都是。芬芳本来想劝劝他，但是最后没有劝。芬芳只是看着他在地上爬。芬芳的心里一下子就长出了一大片的荒草。她觉得心里杂乱无章，没有方向。有一次芬芳看到喝醉了酒的牛蛙用独手举起了程小月，只要他一松手，程小月的小命就没有了。芬芳吓得睁大了眼睛，她没有叫喊，而是看到牛蛙慢慢把程小月放回了床上。牛蛙转过身来怪异地笑了，说，芬芳，我吓你的。芬芳说，你以后不要再这样吓我，我很讨厌你。

牛蛙说，我知道你讨厌我，你什么时候喜欢过我？

芬芳没说什么。

牛蛙接着说，把这个小杂种卖了吧。我们要她干什么？我们把她卖了换酒喝。

芬芳淡淡地说，你卖了她，我一定杀了你。

牛蛙红着眼，吭哧吭哧地说，我就是想要让你杀了我。

芬芳说，你不是个东西。我看错了你。

牛蛙说，我就不是个东西。你是东西？你算个什么东西？你在发廊里服侍男人，你为什么不服侍我？来吧，过来，过来服侍我。

牛蛙用一只独手一把揪住了芬芳的头发，使劲一掀。芬芳跌撞着扑向了小方桌，重重地撞了一下，额头随即挂下了血水。她的头皮被撕开了。

芬芳的日子，从此不再安宁。牛蛙闹够的时候，会伏下身来，抱着芬芳的腿哭。芬芳觉得累了，她害怕牛蛙有一天真的把程小月给卖了。她总是会在发廊上班的时候，突然借口取衣服什么的，回工棚看一看。那天晚上，芬芳去桥头买豆腐串的时候，老女人对她笑了一下，说，你累不累？

芬芳其实是不太愿和老女人说话的。她仍然没有理会老女人，她总是觉得老女人身上，有一种怪异的东西。

一个下午。一个芬芳昏昏欲睡的下午，小琴在和一个男人打情骂俏，小英小雅小芳在百无聊赖地看电视。芬芳好像是睡着了，醒来的时候，玻璃门外是一大片的刺目阳光。芬芳洗了一把脸，那些清凉的水从脸上滑下来。芬芳又用手掀起一大片水，水再次落下来。芬芳慢吞吞地拧干了毛巾擦脸，她突然之间愣住了，呆了大概有一分钟，她猛地把毛巾扔在了水盆里，拉开玻璃门就往外冲。

芬芳穿着海绵拖鞋，在一条马路上疯狂地奔跑着。阳光直直地拍打着她，很快她就满脸汗水了。许多人都在惊讶地看着她。她跑过了一棵树，又跑过一棵树，她跑过了老旧的化肥厂，然后她跑向了废弃的锯板厂。这时候她看到了牛蛙站在一堆木头的边角料旁边，他的独手神秘地放在身后。芬芳直喘着粗气，她冲向了工棚，一脚踢开了门。床上没有了程小月。

芬芳披头散发地折回来。她对着牛蛙大吼，程小月呢？牛蛙显然被这么粗大的声音吓了一跳，他没有想到芬芳的嗓音可以这么大。牛蛙没有说话。芬芳看了看四周，她突然看到远处，有一对中年夫妇背对着她，正向前走着。男人走路的样子，好像是怀里抱着什么。芬芳疯狂地向前奔跑起来，后来她甩脱了拖鞋赤脚向前奔跑。路上的行人，都在奇怪地看着她。有一些人还跟着她跑了起来。芬芳冲向了中年夫妇，芬芳把手搭在了中年男人的肩上，男人转过身来，男人抱着一对刚买的枕头。男人说，怎么啦，你怎么啦？你不要吓人倒怪的。芬芳仍然喘着气，芬芳的整个下午都在喘着气，芬芳喘着气说，对不起我认错人。

大家都笑了起来。芬芳没有笑，她觉得自己就像是在寻找着丢失的阿毛的那个祥林嫂。芬芳没有看过那个小说，但是她看过电影，那是一部黑白的电影，电影里祥林嫂失魂落魄地寻找着阿毛。芬芳不再说什么，赤着一双腿往回走。这时候大家都看到，芬芳的脚已经破了，血从脚底流出来，和灰尘混合在一起，泛着灰黑的颜色。有人说，喂，你的脚，你的脚破了。芬芳没有答话，她继续向前走，她的目光直了。她轻声说，程小月，如果你不见了，那牛蛙的命也就丢了。

这时候芬芳却看到了程小月。芬芳走到了三十六洞附近，这儿是一个中巴车的停车场，这些中巴车将开往各个乡镇。芬芳抬头看了一下天，已经是傍晚了。秋天的残阳，血红血红的，像鸡冠一样红着。芬芳把目光一寸寸移下来时，看到了一个年轻男人抱着程小月上车。中巴车车门刚好合上了，芬芳冲上去猛拍着车门，车门又打开了。芬芳不上车，对着那对年轻的夫妻说，下来，给我下来。年轻的夫妻悟到了什么，为难地对视了一眼。芬芳大吼一声，下来，你不下来我咬死你。所有的旅客都笑了起来，芬芳没有笑，她紧紧地咬着自己的嘴唇，嘴唇皮被咬破了。她的眼眶里，含着一眼眶的泪水。年轻夫妇下了车，芬芳一把夺过了程小月，紧紧地抱在怀里。这时候，蓄在眼眶里的泪水，才全部掉落了下来。

芬芳用自己的脸，紧紧贴着程小月的脸。她头也不回地赤着脚在前边走着，年轻的夫妻紧紧跟在后面。女人在低声地命令着男人，大意是让他赶紧上去。男人终于冲到了芬芳面前，说，那我们的钱，我们的钱来得不容易，你得还我们的钱。芬芳看了男人一眼，又看了女人一眼，说，跟我走，我还你们的钱。

芬芳带着男人和女人向锯板厂走去。芬芳一脚踢开了工棚的门，这时候男人望了女人一眼，在他们的眼里，芬芳已经疯了。芬芳赤着脚踢门，她却没有痛感，她脚上的血已经结成了血痂，她的头发散乱着，只有眼神没有乱。芬芳没有在工棚里看到牛蛙。芬芳说，畜生，畜生出来。畜生并没有出来。芬芳把程小月放在了床上，然后她又走出工棚。天慢慢黑了下来，芬芳拉亮了门口的灯，那是一盏很暗的灯，只有十五瓦的灯泡。

暗淡的灯光下，站着异常失落的年轻夫妻。芬芳看得出来，这是一对敦厚的夫妻。芬芳说，你们放心，我就是卖血也会赔你们的钱。

三个人都不再说话，呆呆地站在光影里。一会儿，芬芳听到了不远的一堆木头后面传出哼哼唧唧的声音。芬芳走了过去，她看到牛蛙摇摇晃晃地站了起来，嘴里呼呼地喷着酒气。牛蛙刚站起来，芬芳就猛地把他扑倒在地上了。

年轻的夫妻目睹了他们看到过的最为猛烈的搏斗。牛蛙的酒醒了，他虽然只有一只手，但是他的劲大。他一挥手，一个耳光抽在芬芳的脸上，芬芳就晕头转向了，嘴角马上挂下了一串血来。芬芳跳了起来，跳到牛蛙的身上，用两只脚环住牛蛙的腰。她用嘴咬，用长长的指甲抓，一会儿牛蛙的脸上就开了花。牛蛙最后还是被压倒在地上，芬芳从牛蛙的口袋里掏出了一沓钱。芬芳拿着钱站起身来，走到年轻夫妻的身边，递给他们。

女人接过了钱，她和男人对视了一眼，两个人一起走了。十五瓦的灯光不能送他们走多远，所以很快他们就走进了一片黑暗里。黑暗里传来女人的声音，小妹，你带着孩子离开这样的男人吧。

芬芳突然觉得累了，她转过身看了地上的牛蛙一眼。牛蛙像是死了一样，一动不动的，但是他的眼泪却在哗哗地奔流着。芬芳想，是的，我要离开这样的男人。芬芳这样想着，走进了工棚，走到床边。她看到了程小月，小月冲芬芳笑了一下。芬芳的所有委屈与苦累，就下了在这个柔软的笑容中，消失得无影无踪。这时候，脚上的巨痛传了上来，痛得芬芳弯下腰去。她才发现，她的右脚大拇指指甲盖，已经被掀了起来，血肉模糊。

6

芬芳穿得干干净净。她抱着程小月出现在发廊里。

芬芳说，小琴小英小雅小芳，我不在发廊里做了，我也要离开牛蛙了。牛蛙已经不是一个男人，他甚至连人也不是了。

小琴小英小雅小芳愣愣地对视了一眼。小琴说，什么时候走？

芬芳说，我下午就走了，我一定要找到程小月的妈妈。我要把程小月还给她。

小琴说，芬芳，你何苦，程小月本来就和你不相
干的。

芬芳说，我也不知道。我觉得这孩子和我有缘分，
这孩子就像是我自己的孩子一样。

小琴说，那你吃了中饭再走。

那天芬芳在发廊里吃了中饭。那天芬芳还喝了啤
酒，小琴小英小雅小芳都轮流敬了她。芬芳也回敬了她
们。芬芳要抱着程小月离开的时候，小琴提过一个袋子
说，这里面是四袋贝因美奶粉，我们一人送你一袋。我
们没很多的钱，所以你莫嫌少。芬芳笑了起来，笑得眼
泪一股脑儿下来了。芬芳不知道最近怎么会有那么多的
眼泪，她打开玻璃门的时候，看到了门口的马路上，站
着牛蛙。牛蛙右手空空的袖管，依然很潇洒地在风中飘
荡着。

牛蛙说，能跟我回去吗？

芬芳摇了摇头。

牛蛙说，别闹了，我给你下跪不行吗？

芬芳仍然摇了摇头。

牛蛙跪了下去。芬芳笑了，轻声说，牛蛙，咱们互

不相欠，你也别老是下跪。你这不是男人干的事。

芬芳背着程小月，拎着那只布口袋，头也不回地向前走去。

牛蛙求助地望着站在发廊门口的小琴小英小雅小芳。牛蛙说，小琴，小琴。小琴没有理他，带着小英小雅小芳走进了发廊的门，又把门关上了。小琴透过玻璃，看到绝望的牛蛙，在马路上仰天躺了下来。小琴笑了，对小英小雅小芳说，这样的男人，到我们发廊来消费，我们都不欢迎。切。小英小雅小芳也大笑，都说，切。

芬芳买来了一把吉他。其实她是不会弹吉他的。但是芬芳还是站在李字天桥上弹起了吉他。她唱那首很江苏的"茉莉花"，她把程小月放在一张铺开的塑料纸上。天桥上清凉的风，让芬芳感到无比惬意。芬芳想，为什么不早一些出来卖唱。没有人愿意听她唱的歌，但是却还是有好些人，在她面前丢下了硬币。

晚上，芬芳也去天桥上唱。天桥上挂着白亮的路灯，芬芳就觉得这是一个属于她的舞台。她在上面旁若无人地唱。收工了，芬芳去每一个电线杆上张贴寻人启事。她要寻找张瑶的母亲。张瑶就是程小月。她要告诉张瑶的母亲，不要随便丢孩子，要对孩子好。芬芳一点也没觉得累，身上的力气像井水一样涌出来。她在完成她的理想。有时候，芬芳甚至会在大街上大步地走。她找到了一个废弃的工棚，把它修好了。这个简单而温暖的工棚，可以安顿芬芳和程小月的肉身。

芬芳一天一天唱，一不小心把季节唱到了深秋。芬芳一天一天地去贴寻人启事，但是没有一丝消息。芬芳的寻人启事上，留的是小琴的小灵通号码。深秋的风中，程小月生了一场不大不小的病。那天芬芳收起了吉他，当她抱起地上的孩子时，发现程小月发烧了，烧得一塌糊涂。程小月是在芬芳的歌声中发烧的。芬芳从天桥上冲了下来，叫了一辆出租车，把程小月送到了医院。

程小月的高烧是不碍事的，但是却带起了许多病。医生说，这病再迟个几小时，恐怕就不简单了。芬芳问，不简单是什么意思？医生瞪了她一眼说，不简单就是有可能完了。芬芳吓出了一身冷汗，心想幸好自己及时把程小月送到了医院。出院的时候，程小月要付五千多块钱。这是一场要命的高烧，把芬芳的心情也烧坏掉了。芬芳没有那么多钱。在医院的走廊里，护士长和芬芳面对面地站着。护士长说，要不孩子我们看着，你去凑钱。芬芳咬咬嘴唇说，好。芬芳头也不回地走了。护士长望着她的背影说，芬芳，医院也不容易，你得理解。芬芳转过身来，给了护士长一个笑容，说我知道。

那天晚上的月色异常的明亮。芬芳出现在城东的别墅区。芬芳望着一幢幢清冷的别墅，富人住的地方总是冷清，穷人住的地方总是热闹。芬芳翻墙进入了一户人家的院子，家里没有人，窗户又打开着。芬芳进入了窗户，芬芳爬窗的时候想，自己的身手原来像特工。芬芳在黑暗中摸黑前行，她摸到了楼上，摸到了一间房间里，打开了一只抽屉。

芬芳果然摸到了钱，有好多。但是芬芳只拿了上面的一部分，估计够自己付医药费。芬芳想要下楼的时候，借着月色看到了房间的墙上，挂着一张裹着黑纱的女孩的照片。那是一张遗像，遗像里的女孩似笑非笑。芬芳的后背一下子凉了，她飞快地后退，退到了楼梯边，向楼下去走。

芬芳要从窗口爬出去的时候，灯亮了起来。白亮的灯光让芬芳睁不开眼睛。芬芳知道自己不能再爬窗出去，她慢慢地转过身来，看到沙发上坐着一个中年男人。

中年男人说，你为什么要到我家来？

芬芳想了想，笑了，说你知道的，我是小偷。

中年男人说，那你为什么要做小偷？

芬芳说，我等着钱急用，我当然要做小偷。

中年男人说，你想不想我报警？

芬芳说，报吧。

中年男人说，那你告诉我钱是用来干什么的。

芬芳说，救人的，我女儿病了，病得差点死去。

中年男人沉默了，过了半晌说，你女儿的病要花多少钱？

芬芳说，五千多。

中年男人说，你连五千多块钱也没有吗？

芬芳说，五百多也没有。

中年男人拍了拍沙发的扶手说，我不报警了。你回去吧。

芬芳走到中年男人身边，从口袋里掏出一沓钱，放在茶几上。然后，她慢慢后退，退到门边向中年男人鞠了一躬。芬芳说，谢谢你。

男人说，把钱带走吧。这是小钱，对我来说无所谓，但是对你却是救命钱。拿走吧。

芬芳站在原地像傻掉了一样。

男人又说，拿走吧。我知道你不是真的小偷，因为你只拿了最上面的一小部分钱。

芬芳想了想，向男人走过去。她果然拿起了茶几上的钱。

这时候男人突然伸出手来，一把抓住了芬芳的手腕说，我女儿没有了，我女儿没有了。我相依为命的女儿没有了。

芬芳吓了一跳，她本能地挣了一下，然后她不动了，任由男人抓着手腕。男人像一个小孩似的哭了起来。芬芳这时候才发现，原来人是长不大的，一个男人，在七八十岁的时候大约也可以像小孩一样地哭。芬芳想起了楼上房间里的那张照片，照片里的女孩长得很美。

在男人的哭声中，芬芳依稀明白了女孩的死因。父亲送给女儿一辆车，女儿刚学会开车就去兜风，结果撞车了。男人不停地哭着，芬芳就把自己的身体靠了过去，用小腹贴住男人的头，并且用手不停地抚摸着男人的头发。男人终于慢慢地平静下来。

男人挥了一下手，说，走吧，对不起，你走吧。你别爬窗了，你从大门走。

芬芳走了。走到门边的时候，芬芳再次停下，她转过头来说，其实我的孩子不是我亲生的，就像你爱你孩子一样，我爱着她，我要找到她的亲生妈妈。

男人一下子愣了。他什么话也没有说，因为他说不出话来。他看到芬芳打开了门出去了，又合上了门。男人看着突然消失的芬芳，感觉像一场梦一样。月光慢慢从窗台上漫了进来，漫在这个无助的事业有成的男人身上。男人长长地叹了一口气。

7

在这座城市里，芬芳和程小月一起过着不紧不慢的日子。又一个夏天来临的时候，程小月已经能摇摇摆摆地走路了。偶尔，芬芳会带着程小月一起去发廊看看。发廊里，来了一些陌生的小姐。只有小琴还留着。小琴说小英父亲死了，她兄弟让她回去。小芳赚了钱，回到老家安庆，开了一家小的网吧。小雅去了杭州，去杭州的发廊做小姐了。现在，都是新人。芬芳说，那看来，我真的老了，成老人了。

芬芳贴出去的寻人启事，一点也没有消息传来。这一年多里，她和程小月的感情却是越来越深了。程小月会口齿清晰地叫她妈妈。那天芬芳抱着程小月从发廊里出来，这时候她却又看到了牛蛙。牛蛙蓬头垢面的，人没有瘦下去，却胖了不少。芬芳就感叹，现在是一个饿不死人的年代。牛蛙嘿嘿地冲着芬芳笑，他的衣服破旧而且脏，头发大概也有好几个月没有洗了，打着结。芬芳想，一个男人，因为失去一条手臂而死了。

牛蛙走近芬芳，芬芳闻到了一股异味。牛蛙说，芬芳你住哪儿？芬芳说，干什么？牛蛙说，我要和你一起住。芬芳说，谁要你住，走开。牛蛙没有走开，这时候程小月哭了起来，她害怕一个蓬头垢面的人。程小月紧紧地钻进芬芳的怀里。

芬芳走了。芬芳在前面走，牛蛙跟在后面。在十字路口，芬芳看到了一个交警。芬芳走上去和交警说了一些什么，交警转过身，向牛蛙走去。牛蛙站住了，望着越走越近的交警，转过身去飞也似的跑了。他右臂空荡荡的袖口，在不停地摆动着。

这个夏天，芬芳仍然在李字天桥上唱歌。除了江苏味道的"茉莉花"，她还学会了许多流行歌曲。她的吉他，是胡乱弹的，只要能发出声音就行。就像她的生活，粗糙一点没有关系，只要活着。她突然开始想念那个买豆腐串的老女人，她想，什么时候再去买一串豆腐串吃。这个夏天，芬芳依然在电线杆上贴着寻人启事。她不死心。

但是有一天，一个戴大盖帽的人挡住了芬芳的去路。大盖帽是市容监察大队的。大盖帽反背着手说，撕下来。芬芳就听话地撕了下来。大盖帽说，谁让你贴的？

芬芳说，当然是我自己想要贴的。

大盖帽说，你知不知道这叫"牛皮癣"？

芬芳看了看贴上去的小纸条说，不像啊。

大盖帽说，要罚款。

芬芳说，我没钱，能不能不罚？

大盖帽看了看芬芳和她身边的程小月，又看了看小纸条上的内容。大盖帽想了想说，那算了。不过，你得撕一千张"牛皮癣"交到市容大队来。不然，我不放过你。我认得你，你在李字天桥上唱"茉莉花"。我大概听

你唱过八遍的"茉莉花"。你不撕齐一千张"牛皮癣",
我让你在天桥上唱不成"茉莉花"。

大盖帽后来走了。芬芳望着大盖帽的背影,无奈地
叹了一口气。她带着程小月开始撕"牛皮癣"。程小月却
对这个单调的工作很感兴趣,她在芬芳的脚边绕来绕
去,嘴里叽咕着说着一些什么。

一千张"牛皮癣",让芬芳撕了足足三天。夏天差不
多要把芬芳给烤干了,她觉得自己像一个快熟了的烤山
薯。第三天下午,芬芳觉得身体很不舒服。她很想坚
持,但是坚持了没多久,就觉得不行了。她抱起程小月
往自己的工棚里走,踩在马路上的时候,她就感觉像是
踩在软绵绵的棉花上。芬芳一进工棚,眼前就黑了,软
软地倒了下去。程小月响亮的哭声也随即响起。

芬芳是第二天醒来的。那是一个清晨,芬芳睁开眼
的时候,看到程小月在她的身边已经睡着了。芬芳知道
自己是中暑了,但是现在她感觉到身体舒服了很多。她
看到程小月拉的大小便,稀稀地糊在裤子上,发出一股
难闻的臭味。芬芳笑了,说,臭东西。

这个夏天的上午,芬芳替自己和程小月好好地洗了
一个澡,两个人又变得干干净净了。芬芳看了看地上的

塑料袋。塑料袋里是大盖帽让她撕的一千张"牛皮癣"。芬芳笑了一下，踢了塑料袋一脚，塑料袋飞了起来，里面的纸片飞出来，像一场雪一样。看着这场夏天的雪，程小月兴奋地欢呼起来。芬芳想，去他娘的，谁来交这一千张牛皮癣呀。芬芳的精神一下子好了很多。

晚上，芬芳又带着程小月去了李字天桥上唱歌。唱着唱着，她突然看到了牛蛙。芬芳看到牛蛙带着一个年轻的女孩走了过来，那个女孩看上去像是一个大学生。芬芳紧张地盯着牛蛙说，你想干什么？牛蛙说，你不是一直在找孩子的妈妈吗？孩子的妈妈按"牛皮癣"上的联系方法找到小琴那儿了，小琴让我来找你，小琴说，你在天桥。芬芳一下子愣住了，看看程小月，又看看那个女学生。女学生一下子哭了，蹲下去一把抱住了程小月，瑶瑶、瑶瑶叫个不停。程小月被一个陌生的女人吓哭了。

牛蛙说，放心吧芬芳。我不会再来找你的，现在我生活得很不错。女学生站起身来，把几张百元币放到了牛蛙手心里说，你数数。牛蛙数了数，塞进口袋里，走了。芬芳一直冷冷地看着牛蛙，她看着一个业已死去的牛蛙，拿着钱的兴奋神色，就感到反胃。芬芳又望望女学生。女学生白净清爽，是个美女。女学生说，谢谢你。芬芳冷冷地看着她，她本来想骂她几句的，但是她忍住了，她觉得太没有意思了。

女学生要抱走程小月。

芬芳说，你抱走试试，你能抱得走，小月不哭死才怪。

女学生无助地说，那怎么办？

芬芳说，你让我再养三天吧，我也舍不得。你可以到龙山脚的旧工棚来找我。

女学生犹豫了一下说，好吧。三天后我来找你。

女学生后来走了。芬芳一直目送着女学生走下天桥，然后汇进人流。汇进人流以前，女学生向天桥上张望了一眼。芬芳望着女学生的消失，然后蹲下身，把程小月紧紧地抱在怀里。她突然后悔了，她不愿意程小月离开自己。她紧紧地抱着小月，让小月感到很不舒服，小月哭了起来。小月哭的时候，芬芳也哭了。

芬芳站直身子的时候，身子摇晃了一下，她觉得有些头晕，好像整个世界都在摇晃或者旋转。好久以后，她才手扶栏杆站定了，这时候世界变得无声，车流人流都是寂静无声的。她抬起头，看到了城市上空明亮的月光。芬芳想了想，扳着指头计算着，十二了。十二的月亮已经很圆了。

这个晚上，芬芳没有睡。芬芳打开门，让月光流了一地。

芬芳一直都抱着程小月，不停地亲着她嫩嫩的小脸。

8

芬芳去了一下医院。芬芳对医生说，我中暑了，我头晕，好像世界都在旋转。医生笑笑，开给她一张单子，让她逐一检查。这时候芬芳才知道，原来医生查病有一种常用方法，叫排查法。

第二天傍晚，芬芳又去了医院，拿了化验的单子。那天芬芳把单子交给了医生，医生"噢"了一下，接过了单子，看了看。然后医生又抬起头。医生很轻地笑了，说，不是本地人吧。芬芳说，我是玉山人，知道玉山吗，浙江和江西交界的地方。那儿离三清山很近。

医生笑了，说，你适合做导游。

芬芳笑笑。她觉得这个医生可亲。医生甚至坐着和她拉起了家常。芬芳想，谁说医生冷酷，谁就是脑子有问题。后来，后来夕阳就要下山了，医生和芬芳说了一些话，把芬芳送出了医院。

芬芳对着夕阳，就笑了一下，想，这夕阳可真够红的，像血。

第三天的时候，芬芳一直在工棚里等待着女学生。芬芳给程小月洗了澡，换了新衣，然后一直抱着怀里。

芬芳说，小月，你就要走了，你又要被叫成瑶瑶了。小月是妈妈给你取的名。

芬芳说，小月，妈可真舍不得你，你是妈心头的肉。

芬芳说，你还那么小，你一定会忘了妈的，忘了妈和你度过了一年的时光。

小月用手玩着芬芳的头发，一声又一声地叫，妈妈，妈妈，妈妈妈妈妈妈……

芬芳就很难过。芬芳在无边边际的难过里，等待着女学生的到来。一直等到傍晚，女学生仍然没有来。芬芳的心又开始空落起来，她知道女学生变卦了，女学生不会再来了。芬芳的手掌就慢慢掩过去，盖在小月的头上，想，小月还是不能在亲妈妈的身边。

这天晚上，芬芳等小月睡着了，就抱着小月出了门。屋外的月色很清冷，照在工棚上，有了一种凄清的味道。芬芳打了一辆车，去了那个别墅区。芬芳敲开了曾经翻窗入室的那间别墅。门开了。

男人说，来了。

芬芳说，来了。

男人说进来吧。

芬芳就进去了。

男人说，孩子妈最后还是不要了？

芬芳说，对，不要了。你要对小月好一些。

男人点了点头，接过了芬芳手里的孩子，轻轻抱着，仔细地看了看，笑了，说，不错。

芬芳说，当然不错。

芬芳说，我走了。

男人说，走吧。

芬芳说，我真的走了。

男人说好，你真的走吧。

芬芳说，那再让我亲一口小月。

芬芳说完，在小月脸上亲了一口。芬芳一下一下地亲着小月，她脸上的泪痕，在月色里像一条沟壑。

芬芳后来还是走了。男人望着芬芳的背影，叹了一口气。男人轻轻地把门给合上了。

然后，芬芳去了发廊。芬芳敲开了发廊的门，说，小琴，你出来。

大家都说，小琴，哪儿的小琴？小琴早就走了，回老家去了。

芬芳懵然地退了出来，她连小琴也找不到了。小琴一言不发地回了老家。这时候芬芳想，这个城市看上去熟悉，其实是陌生的。芬芳从发廊退出来，她向桥头走去，她要去买一串豆腐串吃。她想到豆腐串的时候，胃部就条件反射地痉挛了一下。芬芳离开了发廊门口，走不多远时，她突然看到一个男人进了发廊。

芬芳笑了，对着男人的背影，呸，呸呸吐了几口。男人右边空荡荡的袖管，在夜风中轻轻飘了一下。

芬芳继续走，走过了汽车修配店的门口。柴油桶搬掉了，搬掉以后干净了不少，但是芬芳却觉得，这样的场景没有了亲切感，有些别扭。但是芬芳没有管那么多。芬芳走到了桥头，看到了那辆卖豆腐串的推车。推车旁边站着的却是一个老头子。

芬芳说，那个人呢？

老头子说，哪个人？

芬芳说，以前在这儿卖豆腐串的那个。

老头子说，那是我婆娘。她死了，死在这摊子边上。

老头子接着慢条斯理地说，像是在讲故事。老头子说，我看到婆娘的时候，婆娘已经气息奄奄了。婆娘说，为什么要那么累，就是为了活着呗，现在，不累了。说完，她就没了。

老头子接着又说，我和婆娘做了一辈子的夫妻，吵了一辈子。她走了，我才突然觉得心里空落落的。我坐不住，就学她的样来卖豆腐串。

芬芳买了一串豆腐串。边走边吃，她总是觉得这豆腐串没有老女人做的好吃。老女人不见了，在这个世界上像一缕烟一样地消失掉了。芬芳想着想着，不禁心中有些凄惶。

半小时后，芬芳出现在火车站。芬芳要回到玉山去，她坐上了火车。在晃荡的火车里，她望着火车外面田野上的月光。月光一望无际地罩着宁静的村庄。这个时候芬芳就想，月光真好。

9

月光下，芬芳从玉山火车站出来。凌晨三点多了，再一会儿天就要开始慢慢亮堂。芬芳从车站一路走着，走过了一条漫长的泥路，走到了一座小院前。然后芬芳就一直站在小院的院门口。月亮就挂在小院里的一棵树上，如此之近，仿佛触手可及。那大约是来自于古代的月光。古代的月光，更显着一层层的阴冷，这样的阴冷让芬芳轻轻抱住了自己的身体。起风了，月光下的树影，就开始晃动起来。那些沙沙响着的树叶，令芬芳感到了玉山的清晨来临以前，无比芬芳。这儿是玉山，是江西，是故乡。

但是，芬芳真正的故乡在哪儿，她并不知道。她只知道自己在家乡小院里长大，小院里，两年前还有一个黄阿姨，现在黄阿姨已经不在了。是黄阿姨把芬芳养大的。后来芬芳说，我要去打工了，我要出去赚好多钱回来给黄阿姨用。黄阿姨一听这话，马上就哭了。黄阿姨果然没有用到芬芳的一分钱，一分也没有。芬芳慢慢移动了步子，走到小院门口竖挂着的那块牌子前，轻轻地抚摸着。牌子上写着，玉山儿童福利院。

夜越来越远，月光越来越淡，像一件即将被脱去的银灰色轻纱。夏天的清晨就要来到了。芬芳开始想念小月，小月一定躺在中年男人的身边，做着一个甜美的梦。小月一定会在中年男人那儿，有一个幸福的童年，和富足的生活。想到小月，芬芳的心就慢慢痛了起来。起风了，风吹起了芬芳的头发。芬芳不想再离开这儿了，她要一直待在福利院里。因为，她不想太累。桥头的老女人说了，为什么那么累，就是因为想活着。

起风了。起风了树叶就越来越响。一些树叶掉在了芬芳的脚边。芬芳小心地捡起来，芬芳弯腰的时候，却不小心从身上掉下了病历。病历上写着芬芳的病情。芬芳想起了医生的话，医生说，芬芳，你还有三个月时间。

芬芳迟疑了一下，她最终没有捡起病历。病历在风中哗哗响着，自动翻着页。一会儿，一阵大风，把病历给吹走了。芬芳笑了一笑，她蹲着捡树叶，身子越来越低，终于俯卧在地上。大地多么凉呀，泥土的气息钻进了芬芳的身体，多么的芬芳。芬芳抬眼望了一下最后的月色，慢慢地合上眼睛。真累，她想。一串眼泪也慢慢滴落下来，从脸颊滚落，滴落在泥地上，洇进土里转瞬不见了。

海飞主要创作年表

·一、中、短篇小说

2003年：

短篇小说《俄狄浦斯的白天和夜晚》原载《时代文学》第6期，2004年《小说选刊》第1期选载；

中篇小说《温暖的南山》载《十月》第3期；

短篇小说《后巷的蝉》载《天涯》第5期；

短篇小说《闪光的胡琴》原载《上海文学》第12期；获首届《上海文学》全国短篇小说大赛一等奖；

2004年：

短篇小说《蓝印花布的眼泪》载《山花》第一期；

短篇小说《寻找花雕》原载《青年文学》第2期，《小说选刊》第3期下半月刊选载；

短篇小说《瓦窑车站上空的蜻蜓》原载《长城》第4期，《小说选刊》第9期下半月刊选载；

短篇小说《纪念》原载《青年文学》第 8 期，入选《2004 中国短篇小说经典》；

2005 年：

短篇小说《菊花刀》《棺材梅》原载《青年文学》第 7 期，列为该期封面人物；

短篇小说《干掉杜民》原载《收获》第 4 期，入选《2005 年中国短篇小说年选》《2005 年收获短篇小说年选》《2005 年短篇小说经典》；

短篇小说《鸦片》原载《广州文艺》2005 年第 4 期；获"四小名旦"青年文学奖；

2006 年：

短篇小说《胡杨的秋天》原载《当代小说》第 3 期，入选《2006 年短篇小说经典》；

中篇小说《看手相的女人》载《大家》第 3 期；

中篇小说《私奔》载《山花》第 4 期；

短篇小说《到处都是骨头》原载《人民文学》第 5 期，《中华文学选刊》2006 年第 7 期选载；

2007 年：

中篇小说《看你往哪儿跑》原载《人民文学》第 1 期，《中篇小说选刊》2007 年增刊第一辑选载；获人民文学奖·

新浪潮奖；

短篇小说《去杭州》原载《广州文艺》第 2 期，《小说选刊》第 3 期选载，入选《2007 中国年度短篇小说》；

中篇小说《医院》原载《天涯》第 5 期，《中篇小说选刊》第六期选载，入选《2007 中国短篇小说经典》；

2008 年：

短篇小说《为好人李木瓜送行》原载《江南》第 6 期，《作品与争鸣》2009 第 2 期选载；

中篇小说《像老子一样生活》原载《清明》第 4 期，《小说选刊》第 8 期、《中篇小说选刊》第 5 期、《小说月报》2008 增刊、《作品与争鸣》第 11 期、《新华文摘》第 22 期、《小说精选》第 8 期选载，入选《2008 中国年度中篇小说》《2008 中篇小说》《中国中篇小说经典（2008 年）》；

中篇小说《遍地姻缘》载《山花》第 7 期；

中篇小说《城里的月光把我照亮》载《中国作家》第 11 期；

长篇小说《花满朵》载 2008《芳草》第 5 期；

2009 年：

中篇小说《我爱北京天安门》载《广州文艺》第 2 期；有选本选用；

短篇小说《欢喜》载《鸭绿江》第 3 期；

中篇小说《在人间》载《作品》第 5 期；

短篇小说《烟囱》载《山花》第 5 期；

中篇小说《自己》载《花城》第 4 期；《中篇小说选刊》增刊第 2 期；《2009 中国短篇小说年选》；

2010 年：

中篇小说《我叫陈美丽》载《清明》第 1 期，《中篇小说选刊》选载；

中篇小说《金丝绒》载《十月》第 3 期，《作品与争鸣》《中篇小说选刊》选载；

2011 年：

中篇小说《往事纷至沓来》十月第三期，《作品与争鸣》选载 2011 第六期、《中篇小说选刊增刊第二辑》选载；

长篇小说《向延安》人民文学第七期，《江南长篇小说》《作品与争鸣》《清明增刊》选载；

2012 年：

中篇小说《捕风者》载《人民文学》第 5 期，《小说选刊》第 6 期选载，《小说月报》增刊 3 选载，《2012 中国年度中篇小说》选载；

2013 年：

中篇小说《麻雀》载《人民文学》第 9 期,《中篇小说选刊》增刊第 2 期选载;《小说月报》第 11 期选载;《小说选刊》第 10 期选载;

2014 年:

长篇小说《回家》载《作家》第 3 期;

2015 年:

短篇小说《大雁大雁,要去南方?》载《长城》第 4 期,《长江文艺·好小说》第 9 期选载;

2016 年:

中篇小说《长亭镇》载《十月》第 1 期,《小说月报》2016 年第 4 期选载,《中篇小说选刊》2016 年第 2 期选载;

中篇小说《秋风渡》载《人民文学》第 6 期,《小说月报》第 7 期选载,《小说选刊》第 7 期选载,《2016 中国年度中篇小说》选载;

中篇小说《四明镇战事》载《解放军文艺》第 7 期;

2017 年:

长篇小说《惊蛰》载《人民文学》第 1 期,《长篇小说选刊》第 5 期选载;

短篇小说《春呀和她的越国往事》载《安徽文学》第 7 期,《小说月报·大字报》第 8 期转载。

· 二、长篇小说及作品集

2002 年 12 月出版小说集《后巷的蝉》（中国文联出版社）

2004 年 7 月出版长篇小说《花雕》（学林出版社）

2004 年 12 月出版长篇小说《壹千寻》（中国青年出版社）

2008 年 12 月出版中篇小说集《看你往哪儿跑》（浙江文艺出版社）

2009 年 5 月出版小说集《一场叫纪念的雪》（江西高校出版社）

2010 年 8 月出版小说集《青衣花旦》（光明日报出版社）

2011 年 1 月出版小说集《像老子一样生活》（中国时代经济出版社）

2011 年 7 月出版长篇小说《向延安》（浙江文艺出版社）

2011 年 8 月出版长篇小说《花满朵》（重庆出版社）

2012 年 1 月出版剧本小说《大西南剿匪记》（沈阳出版社）

2012 年 1 月出版剧本小说《铁面歌女》（上海文化出版社）

2013 年 1 月出版小说集《战栗与本案无关，但与任何女人有关》（浙江大学出版社）

2014 年 2 月出版小说集《麻雀》（新世界出版社）

2014 年 2 月出版小说集《青烟》（新世界出版社）

2014 年 3 月出版长篇小说《回家》（浙江文艺出版社）

2016 年 9 月出版长篇剧本小说《麻雀》（江苏文艺出版社）

2017 年 8 月出版长篇剧本小说《女管家》（新世界出版社）

2017 年 5 月出版长篇小说《惊蛰》（花城出版社）